夏のバスプール

畑野智美

集英社文庫

夏のバスプール

真っ赤に熟したトマトが飛んできて、僕の右肩に直撃する。

胸がつまるような苦しさを一瞬覚え、大きく息を吐き出す。トマトは破裂して地面に落ち、潰れた。制服のワイシャツに赤いシミがついた。

一学期期末テスト三日目の朝の出来事だ。

おかげで一時間目の数学のテストに遅刻した。

遅れて教室に入ってきた僕を見て、廊下側の一番後ろに座っている女子が悲鳴を上げた。それを合図にクラス全員が僕を見て、同じように悲鳴を上げたり、目を丸くしたりして、教室中が騒然となった。どうしてそんなに驚いているんだろうと思っていたら、試験監督の先生に「絡まれたのか？」と聞かれた。トマトが血に見えたらしい。

トマトですと答えると、ガッカリしたような溜め息が広がった。口ごもるとか、後で話しますと言って俯くとか、嘘にならない程度の芝居をして、テストなんて受けていられなくなるくらいの混乱を巻き起こせば良かった。

そのまま席についてテストを受けたが、湧き上がるトマトのにおいに耐え切れず、途中で廊下に出て体育用のTシャツに着替えた。汗と混ざり、シミが広がっている。赤いくせに青臭かった。

三時間目まであったテストが終わり、ホームルームも終わって帰ろうとしたら、担任の有村先生に呼び止められた。そんなところにトマトのシミがつくなんて、何があったと問い詰められた。それは男のプライドに関わることなんで答えられませんと言うと、十五年以上教師をやってきて涼太みたいにバカな生徒は初めてだと真顔で言われた。どうしたの？　と、同じクラスのほぼ全員に聞かれ、他のクラスの友達にも聞かれた。家に帰り、シミがついたワイシャツをカバンから出すと母は、誰が洗濯すると思ってんの？　高校生にもなって何をしているの？　すぐに水洗いだけでもすれば良かったのに！　と、一通りの説教をした後に何があったか聞いてきた。姉ちゃんは怒られている僕を鼻で笑い、コスプレ用の衣装を縫っていた。

誰に何を聞かれても、答えなかった。絶対に答えられなかった。有村先生に冗談を言ったわけではない。これは男のプライドに関わることだ。

奇しくもあれからちょうど一週間が経った今日、週の初めの月曜日、遅刻ギリギリという時間、というか、朝のホームルームはとっくに始まっているという先週と同じ時間に、同じ場所で同じ状況が再現されている。

　僕はいつもはバス通学をしている。

　家の近くのバス停からバスに乗り、駅前のバスターミナルで降りて、学校まで歩く。遅刻しそうな時だけ自転車を使う。一本後のバスを待っていたら一時間目の授業に間に合わないが、自転車を飛ばせば間に合わないこともない。

　一秒でも早く着くために正門ではなくて、自転車置場に近い裏門を目指して近道をする。学校の裏を流れる川沿いの道を立ちこぎで駆け抜けていく。

　学校の手前に教職員用の駐車場があり、その隣に畑が広がっている。奥に大きなビニールハウスが二つ並び、川に近い手前側の畑では、季節によって色々な野菜が露地栽培されている。キャベツが並んでいたこともあったし、大根の葉が出ていたこともあった。秋には、近所の幼稚園の園児がさつまいも掘りにくる。今は一番手前に赤いトマトがなっている。

　畑に一歩入り、そのトマトを見つめている女がいる。

　うちの学校の生徒だ。男子はネクタイの色、女子はリボンの色が学年によって違う。臙脂(えんじ)色のリボンをしているから僕と同じ一年だ。僕は付属中学からの内部進学で高校に入った。内部生の女子の顔と名前は全員わかる。知らない顔なので、外部生だろう。

自転車のスピードを落とし、様子を見る。

トマト畑にはカラスや他の動物に取られないように防護ネットが張ってある。女は警戒する様子も見せず、堂々と捲り上げてトマトに手を伸ばす。色や重さを比べているのか、いくつか触ってから一つ選んでもぎ取った。制服の袖で軽く拭き、かぶりつく。畑から出てきて、トマトを食べながら、学校に向かって歩いていく。

僕が自転車を止めると、ブレーキの音に気がついたのか、女はトマトを食べる手を止めて振り返った。

ここまでは先週と同じ展開だ。

川向こうの林から聞こえる蟬の声が、戦いの始まりを知らせるように大きくなる。

先週はこの後、食べかけのトマトを投げつけられた。ワイシャツについたシミや潰れたトマトに気を取られているうちに逃げられた。中学一年の時から乗っているママチャリが悲鳴を上げるほどの全速力を出して追いかけたのに、裏門から校内に入った時には姿が見えなくなっていた。

女は大きな目を細め、またお前かと言いたそうな呆れているような表情で僕を見る。口元を拭い、トマトの握りを変えて、ピッチングフォームに入る。元野球部の僕も見惚れるくらい完璧なフォームだ。

ここで逃げたら男じゃない。先週受けたトマトで、球速はわかっている。球種はストレートだろう。変化球なんて投げられるはずがない。先週よりも遠くて、マウンドからホームベースくらいの距離がある。女子の力では、僕まで届かないかもしれない。

しかし、飛んできたトマトは目の前で曲がり、僕の右肩に当たった。先週と同じようにワイシャツにシミがつき、落ちたトマトは潰れた。

女は僕の顔を見て、大きく口を開けて声を上げて笑う。そして、身体の向きを変えて走り出した。カバンを抱きしめて走っているのに、異常に速い。身長は僕より少し高いくらいだと思うが、足が長くて一歩が大きい。

裏門まで直線百メートルの短距離勝負だ。自転車ではスタートが遅くなる。カバンも自転車も投げ捨てて、走る。

足の速さには自信がある。陸上部や体育クラスの男には勝てなくても、女子に負けるはずがない。裏門手前で追いつけるはずだ。と思っていたのに、少しも距離が縮まらず、裏門についた時には姿が見えなくなっていた。

走ってきた道を戻る。倒れている自転車を起こし、落ちているカバンを拾う。林から出てきた狸がトマトを手で突いていた。

一時間目が始まるチャイムの音が鳴り響く。

図書室の閲覧席からは野球グラウンドが見える。その向こう側に今年の春まで通っていた付属中学の校舎がある。

小学校一年生でリトルリーグに入り、中学では野球部に入った。でも、目の前に見える野球グラウンドで練習したことはない。

あれは高校野球部のものだ。図書室も体育館も学食も、学校内の施設は基本的に中学と高校の共用なのに、野球グラウンドだけは中学の生徒は立ち入りを禁止されている。中学野球部は中学校舎の中庭で練習させられた。野球グラウンド横にある部室も、屋内練習場も高校生だけのものだ。

高校の野球部に入れるのはスポーツ推薦で入学した体育クラスの生徒だけだ。僕を含め付属中学の野球部員は中学卒業と同時にみんな部活をやめてしまった。体育クラスではなくても、入ろうと思えば入れるけれど、レギュラーになれず球拾いやマネージャーの仕事をやらされる。

「涼太君、何を見てるの？」司書の松(まつ)ちゃんが隣に座る。

松ちゃんは僕達が中学に入学した時、大学を卒業したばかりの新任で入ってきた。純粋な日本人だけれど、フランス系のハーフみたいな顔立ちをしていて学校内で一番の美人教師と評判が高い。僕は中学一年生からずっと図書委員をやっているので、仲良しだし贔屓(ひいき)されていると思う。

「中学校舎」

「ふうん。ワイシャツの洗濯、昼休みには乾くって」

「はあい」

シミがついたワイシャツを見せたら、松ちゃんはクラスの女子と同じように悲鳴を上げた。トマトだと言ったら、早く洗濯した方がいいよと言って保健室に持っていってくれた。

「それだけ？」顔を覗きこんでくる。

「ありがとうございます」

「どういたしまして」

月曜日の一時間目は担任の有村先生が担当する数学だから、教室に駆けこんだ。階段を駆け上がり、全速力で廊下を走ってきたように見せかけるために大袈裟に息を切らした。しかし、教室には誰もいなかった。

今日って休みなのか、もう夏休みなのか、学校に来なくて良かったのかと焦ったけれど、隣のクラスもその隣のクラスも普段通りに授業をしている。時間割の変更で二時間目の化学と合わせて実験室に移動した、それともうちのクラスだけ何者かに消されたと考えていたら、同じクラスの青野から携帯電話にメールが届いた。

〈一時間目と二時間目は視聴覚室で映画鑑賞。見張りはこの世の終わり。有村先生は職員室で追試作成するから来ない。出席する必要なし。オレは適当なところで抜けて図書室に行く〉と書いてあった。シミがついたワイシャツと下に着ていたTシャツを体育用のTシャツに着替え、視聴覚室には行かずに図書室に来た。

「この世の終わり」というのは化学教師のあだ名だ。前は見た目でハゲ出っ歯と呼んでいたが、ドンドン変化して、未来に少しも希望を感じられないことからこのあだ名になった。研究に人生を捧げてきたのに成果を出せなかった陰鬱さが負のオーラになって全身を包んでいる。この世の終わりは大学の研究室に戻ることにしか興味がなくて、生徒には欠片も関心を示さない。

普段は松ちゃんもサボるのを許してくれないが、期末テストが終わって夏休みを待つばかりになり、学校中の空気が緩んでいるせいか何も言わない。ピリピリしているのは甲子園の予選を目前に控えている野球部や、インターハイ出場が決まっているサッカー部だけだ。

「おはよう」青野が図書室に入ってくる。

「おはよう。映画って何見てんの？」

「AKIRA」

「アニメの？」

「そう」

「なんで？」

「この世の終わりの趣味だろ。ていうか、この世の終わりって呼んでるのがばれてるのかもな。終末観が漂う映像を見せて、オレはわかってるっていう暗示だったりしてな」

「今後はＡＫＩＲＡって呼んでやろうか」

「それはかっこ良すぎるから却下。とにかくさ、男は寝てるし、女子は喋（しゃべ）ってるし、トイレ行ったまま戻ってこない奴もいるし、誰も見てねえよ」

「そうなの？　見たいけどな」

「視聴覚室行く？」

「行かない」

「二時間目が終わったら、教室に戻りなさいよ」松ちゃんは立ち上がり、入口横の司書室に戻ってしまう。

「いつ学校に着いたの？」あいた席に青野が座る。

「一時間目始まってすぐ。教室に誰もいなくてビックリした」

「そうなんだ」

「青野さ、身長が僕より少し高いくらいで、目が大きくて、髪の毛はショートカットが少し伸びたくらいの女子って知らない？　顔はキレイよりかわいいって感じで」身振り手振りで、トマト女の特徴を説明する。

「それだけじゃ、わかんねえよ。その女となんかあったの？」

「通学路でさ、裏の畑のトマト食べてたんだよ。二週つづけて。臙脂色のリボンだったから、一年のはずなんだよね」

トマトを投げられてよけられなかったこと、逃げられて追いつけなかったことは言わないでおいた。今日もトマトのシミをつけて来たことはまだばれていないし、先週のことは忘れているだろう。

青野も内部生で、中学の時は野球部だった。楽しくやることがモットーの弱小野球部の中で僕と青野は、高校でもつづけてみたらどうだ？ と打診されるくらいの戦力として活躍していた。女に負けたなんて言ったら、笑われるに決まっている。

「裏の畑って、裏門の方にある畑？」

「そう。そこでトマトもぎ取って、食べてんの」

「窃盗じゃん」

「そうだよな」だから、逃げたのか。

「それで、そのトマト女が気になってんの？」

「そういうんじゃないよ」

正直に言えば、すごく気になっている。

畑のトマトを道端で平然と食べたり、それを見ず知らずの僕に投げつけたり、走って逃げたり、性格には難ありでも、見た目がタイプだった。

僕は背が低いくせに、背が高い女の子が好きだ。自分より十センチも二十センチも大きいのは困るけれど、少し高いくらいがいい。目が大きくて、笑った時に大きく口を開く女の子も好きだ。トマト女は見た目だけならば、僕の理想にぴったり当てはまる。

「涼ちゃんが百六十ないから」

「あるよ」

「二ミリ足りないだろ？」

「五ミリ。三ミリ縮んだ」

中学二年生の夏休みに百五十センチだった身長が百六十センチまで伸びた。もう少し伸びるだろうと思っていたのに、少しずつ縮んできている。

「百六十ないんじゃん」

「うん」自分でついた嘘に泣きそうになった。

百八十センチとは言わないから、せめて百七十は欲しかった。青野は中学一年生の時は僕と同じくらいだったのに、今は十五センチも差がある。

「それで、ショートカットで目が大きい。暑さで幻でも見たんじゃないの？　涼ちゃんの姿、そのまんまじゃん。キツネに化かされたとか。あれ？　化かすのは狸か」

「違うよ。川の向こうの林に狸はいるけど、そんなお伽噺みたいなことあるわけないじゃん」

特徴だけ考えると、僕と似ている。僕は女顔をしているとよく言われる。女装したら、そこら辺の女子よりもかわいい。でも、女装した僕とトマト女は似ていないと思う。

「六組から九組のかわいい女子は一通り確認済みだから、一組から五組ってことか」

「下の階か」

僕と青野は八組だ。全十クラスで、一号館校舎の四階に六組から十組の教室があり、一組から五組の教室は三階にある。十組は体育クラスで、野球部とサッカー部を中心とした男しかいない。中学は五クラスだったから、内部生と外部生の割合は半々になる。同じ階の外部生は廊下ですれ違って顔を見る機会があるが、下の階の外部生は部活や委員会で関わりがなければ、全校朝礼や学年集会くらいしか顔を合わせない。

「他に特徴ないの？」

「顔が小さくて、手足が長かった」

「それで、涼ちゃんレベルのかわいい顔してんの？」

「いい勝負かな」

「かわいいって、褒めてないからな」

「わかってるよ」

「やっぱり、狸だよ。そんなモデルみたいな女いないだろ。いたら目立つから」

「そうなんだよな」

青野も僕も天井を見上げ、考えこんでしまう。

高校に入学して三ヶ月が経った。外部生のかわいい女子は四月に名前が挙がってきた。学年の半数と友達の内部生は、入学式の日からネットワークをフル活用して情報を共有し合った。そこでトマト女の名前が挙がってこないのはおかしい。何か事情があって学校に来ていなかった、既に彼氏がいる、化かされている。三択のうちで二番目が可能性として高そうだけれど、おもしろくないので、考えないようにする。

「涼ちゃん、追試の勉強してる？」

「してない。どうにかなんだろ」

明日は期末テストの追試がある。遅刻して途中から受けた数学が赤点だった。遅刻しなかった化学も赤点だった。青野は生物が赤点だった。大学まで付属で、余程の問題を起こさなければ、エスカレーター式に進める。理系科目ができなくても人生はどうにかなる。

「追試って何が出んだろうな？」

「基本は期末テストの問題そのままで、数字や問題形式が変わるらしいよ。元野球部の先輩達が言ってた」

中学では赤点というシステム自体がなかった。中間テストは赤点はあっても、追試がない。明日が僕と青野の追試デビューだ。

「そうなんだ」

「三学期の期末テストで追試落とさなければ、問題ないらしいよ」

「へえ。よく知ってんね」

「涼太はバカだからって、先輩達が教えてくれた」

「ありがたい話だね」

「青野もバカだけど、あいつはうまくやるからって」

「ありがたい、ありがたい」

図書室の中は静かだ。建物が古くて家鳴りがするけれど、外の音は聞こえない。微かな音が大きく響く。

ドアの開く音が聞こえて、僕も青野もすぐに机の陰に隠れる。

顔を少しだけ出し、青野は入口の方を確認する。有村先生だと声には出さずに口の動きだけで僕に言う。

僕も少しだけ顔を出し、入口を見る。有村先生がいて、本棚の奥を覗きこんでいた。

僕達が視聴覚室にいないのがわかって探しに来たんだと思ったが、閲覧席には来ないで司書室に入っていった。

「あの二人、何かあるらしい」青野が言う。

閲覧席で話している声は司書室の中には聞こえない。

「松ちゃんと有村先生が？」

「噂(うわさ)だけどな」

「ないよ。ありえないよ」

もうすぐ四十歳になる冴(さ)えない男を松ちゃんが相手にするはずがない。有村先生はドラマや映画に主人公の友達役でよく出ている脇役俳優に似ている。ハゲ出っ歯のこの世の終わり以上に見た目の印象が薄くて、どこにでもいそうな顔だ。もっと男前と付き合わなければ、松ちゃんファンの図書委員は納得しない。

でも、図書室に数学教師が来る用事なんてないはずで、何かあるんだとも思う。放課後に図書委員当番をやっている時に有村先生が来たことが何回かあった。うちのクラスの生徒がちゃんとやっているか見にきましたとか言っていたが、嘘がヘタすぎて、一緒に当番をやっていた女子は笑いを堪(こら)えていた。

「とりあえず、ここにいるのがばれないうちに出よう」

「おう」

足音を忍ばせ、図書室の外に出る。中庭を抜けて一号館に戻る。

「どうする？　視聴覚室に行く？」青野に聞く。

「屋上は暑いしな」

「みんな、抜け出してどこに行ってんの？」

「駅前まで出てんじゃん」

「そこまで行くのも暑いよな」

「そうだよな」

視聴覚室に向かって、一階の廊下を歩く。一階は理系科目の実験室が並んでいて、奥に視聴覚室がある。外はどこに行っても暑いし、視聴覚室で寝ているのが最良の選択かもしれない。

「ああっ！」青野がいきなり叫ぶ。

物理室を使っている気配がしたが、一時間目の終わるチャイムが鳴ったおかげで声がかき消された。

「何？」

「トマト女って、あれじゃん。和尚(おしょう)が言ってたじゃん。三組に涼ちゃんとよく似た女がいるって」

「言ってた！」

三組にいる内部生の和尚が前にそんな話をしていた。外部生で、背格好や顔立ちが僕とよく似ている女子がいるらしい。

四月の終わりくらいに青野の家で遊んだ時に聞いた。その頃の僕は三組の教室がある三階には行きたくないと感じていたから、青野達に見にいこうと言われても話に乗れなかった。

「それかもよ。女子と似てるってしつこく言ったら、涼ちゃんが嫌そうな顔したから、それ以上は誰も言わなかったんだよ」

「似てるって言われたのが嫌だったんじゃないよ」

「そうなの？　どっちでもいいや。とりあえず、三組に行こう」

三階まで階段を駆け上がる。休み時間になって教室から出てきた生徒の間を抜けて、三組まで走る。

右後頭部辺りに重たい視線を感じたが、気がつかなかったことにして、振り向かないようにした。


三組の扉の前に立ち、和尚を探す。

うちのクラスは四月からずっと出席番号順の席なのに、三組は席替えをしている。

和尚は窓側の一番前にいた。丸い身体を丸めて、机に突っ伏して寝ている。名前が和田尚人なので、略して和尚と呼ばれているが、あだ名に反する不摂生を絵に描いたような体型をしている。机のサイズが身体に合っていない。無理矢理小さな自転車に乗せられたサーカスの熊のようだ。

扉の近くにいた友達に一応許可を取り、教室の中へ入る。教室の作りも並んでいる机の数も同じなのに、自分のクラスとは雰囲気が違って、居心地の悪さを感じた。

「おい、相変わらず太ってんな」青野は和尚の背中を叩く。

和尚は顔を上げて、眉間に皺を寄せて顔をしかめる。僕と青野を交互に見て、眉間の皺を更に深くする。

「お前らか、久しぶりだな」眼鏡をかけて、まばたきをする。

機嫌が悪いのかと思ったが、眼鏡がなくてよく見えなかっただけのようだ。ツルがこめかみに食い込んでいる。

「久しぶり」

和尚も元野球部で、中学の時はよく一緒に遊んでいた。高校に入ってからはクラスが離れたのもあり、話す機会も減っている。

「何しに来たんだよ?」

「前にさ、三組に涼ちゃんに似た女子がいるって言ってたじゃん」

「ああ、久野さんね」

「その久野さんを見にきたんだけど」

「えっと」教室を見回す視線を僕と青野も追う。「いないや。廊下側の真ん中の席で、休み時間はいつも周りの席の女子と話してるんだけど、トイレでも行ってんじゃん」

前と後ろの席もあいていた。どうして女子は一人でトイレに行かないのだろう。

「久野さんって、今日、遅刻してきた？」先に確認しておく。遅刻していなかったらトマト女ではないということだ。

「うん。一時間目始まってすぐに来たけど」

「確定っぽいな」青野が言う。

「久野さんとなんかあったの？　あんまり関わらない方がいいと思うよ」

「どうして？」

「変なんだよな」

「変？」

「ちょっと来て」和尚は席を立ち、久野さんの席の方へ行く。僕と青野もついて行く。

久野さんの席の前に立つと、すぐ横の壁に目が描いてあった。白い壁に細い目が二つ並んでいる。

「何これ？」僕が聞く。

「ぬりかべ」

「ぬりかべって、妖怪の？　ゲゲゲの鬼太郎の？」

「そうだよ。目を描いたら、その壁は妖怪になるって。そんなことする女は変だろ？　こういうことばっかりやってるんだぞ。これで女子から男子以上に笑いをとってんだ。変だろ？」

「うん」強く言われて頷いてしまう。

変でも、おもしろい気もする。男がやっていたら、つまんないことやってんなよと思うのだろうけれど、女子が描いたならばかわいく思えた。

「他にも関わらない方がいい理由があるんだよ。それもあって、変さが際立つんだけど」

「何？」

「付き合ってる男がいるらしい」

「なんだよ。つまんねえの」青野は口に出さなくてもわかるくらいに一気に興味を失った顔をして、他の友達に話しかけにいく。

「しかも相手がさ」

「誰？」

「涼ちゃんは聞かない方がいいと思うよ」

「なんで？」

「噂だから嘘かもしれないけど」

そこまで話したところで、女子三人が話しながら教室に入ってきた。真ん中にトマト女がいて目が合った。

扉から一歩入ったところで立ち止まり、僕を見ている。

正面から見ると、確かに僕と似ているかもしれない。男女の差もあるし、顔や身体つきを細かく見れば全然似ていないのだけれど、全体的な雰囲気が似ている気がした。

外では陽射しが強くてよく見えなかったが、トマト女は目の周りだけが白く残る逆パンダ灼けをしている。学校にプールはあっても、水泳の授業はない。水泳部なのだろうか。

「あの子だよね？　久野さんって？」和尚に確認を取る。

「そうだよ」

和尚が頷いたのが合図になったかのように、久野さんは振り返って廊下に向かって走り出す。

僕も踵をつぶしていた上履きを履き直し、追いかける。教室を出て、廊下を走る。

「どうして追ってくるの？」久野さんは人と人の間をすり抜けていく。

初めて聞いた声は少し高くて、鼻にかかるかわいい声だった。

「逃げるからじゃん」

どうして追いかけているかは自分でもわからなかった。逃げられるからなんだけれど、追いついたところでどうしたいわけでもない。ただ、負けたままにはしたくない。

「来ないでよ」

廊下を走っている途中で、一組の教室の前にいた河村さんと目が合った。

さっき三組に行く時に感じた重たい視線も彼女だったのだろう。河村さんは中学二年生の時に二週間だけ付き合った元カノだ。向こうが好きだと言ってきたから付き合って、別れたいと言ってきたから別れたのに、顔を合わせると湿っぽい目で僕を見てくる。その視線を避けたくて、三階にはなるべく来ないようにしていた。そもそも彼女は外部生だ。僕がいると知っていて、どうしてうちの学校に入ってきたかがわからない。

河村さんに気をとられているうちに、久野さんは先に行ってしまう。見失わないように後ろ姿を追う。

廊下の奥まで走り、階段を上がっていく。四階の廊下の反対側まで行き、さっき上がってきたのとは別の階段で一階まで下りる。昇降口から中庭に出て、二号館校舎に入る。二号館には二年と三年の教室が入っている。一年が気軽に入れる場所ではない。教室がある階の廊下には出ないで、五階まで階段を駆け上がっていき、空き教室の前を通りすぎ、渡り廊下から一号館に戻る。音楽室と美術室の前を走り、階段を下りる。これだけ走っても、スピードは落ちなくて、追いつけなかった。

二階まで階段を下りたところで、賭けに出ることにした。一階に下りたら、きっとまた中庭に出る。そこから今度は二号館以外のところへ逃げようとするはずだ。

先回りするために進路を変えて、二階の職員室前の廊下に出る。窓を開き、中庭に誰もいないのを確認する。飛び下りようと窓枠に足をかけたところで、Tシャツの襟元を後ろから引っ張られた。振り返ると、有村先生が立っていた。

ヤバイ！　と思ったが、動きを止められず、先生の手を振り払って飛び下りる。怪我しないようになるべく両足を揃えて、着地する。引っ張られたせいで、少しぶれた。

昇降口から出てきた久野さんは、目も口も大きく開いた驚いているような顔で僕を見て、走ってきたままの体勢で固まっていた。

「涼太、お前はさっきから何をやっているんだ？」

二階から有村先生の怒鳴り声が飛んでくる。

「何もやっていません」

「廊下を走ったらいけないってわかってるよな？　小学生でもわかることだよな？」

「はい、すいませんでした」

「そこで待ってろよ！」窓から離れ、すぐに中庭に出てくる。

「すいません。本当にすいません」

「ちょっと、来い」首根っこを引っ張られて、職員室横の生徒指導室に連行される。

久野さんは先生が来るまでの間に動き出し、またどこかへ逃げた。

僕は遅刻はしても欠席は少ない。高校生になってから休んだのは一日だけだ。早退もしない。他校の生徒とけんかしたり、万引きしたり、タバコを喫ったり、酒を飲んだりもしない。

それなのに、生徒指導室の常連になってしまっている。毎月一回は呼び出された。ドラマに出てくる警察の取調室のように真ん中に机が置いてあるだけの狭い部屋だ。ドアを背にする手前側の席に先生が座り、奥に生徒が座る。

うちの学校は、基本的に中学の担任がそのまま高校の担任になる。僕は中学一年と二年の時も有村先生のクラスだった。その時も、たまに呼び出された。遅刻が多い、成績が悪すぎる、二階から飛び下りた。遅刻以外は校則に引っかからないはずだ。三年はこの世の終わりが担任だったから、とても楽だった。帰りのホームルームに出ないで部活をやっていても、朝の小テストでカンニングしても、何をやっても怒られなかった。そのせいか、この世の終わりは今年から副担任に降格した。先生のやる気の問題で、僕達が悪いわけではない。

でも、有村先生も中学では今ほど厳しくなかった。

「涼太、さっき何をしていた?」

「何もしていません」

「飛び下りるのはやめろ。オレの寿命が縮まる。他の生徒だったら、確実に怪我するからな」

「すいませんでした」

「毎週、毎週、真っ赤になって学校に来て」

先生は僕の首に手を伸ばす。指先が赤くなり、ポケットから出したハンカチで拭う。トマトがまだ首についていたようだ。自分のハンカチを出して拭こうと思ったけれど、ポケットには百円玉が一枚入っているだけだった。

「使うか？」ハンカチを差し出される。

「いや、いいです。後で自分ので拭きます」

「そうか」

拷問なのか、生徒指導室には冷房がない。話している間に汗が流れ落ちてくる。頭から吹き出した汗が髪の毛を伝い、机の上に落ちる。

「先生、僕、視聴覚室に行きたいんですけど」休み時間は終わり、二時間目が始まっている。

「どうせ一時間目も出てないんだろ」

「はい」

「ここにいるなら、一時間目の欠席もなかったことにしてやるよ」

「いいんですか？　そんなことして」

「学校中を走り回られるよりもいいからな。それで、どこでサボってたんだよ？」

「それは言えません。聞かない方が先生のためだと思います」

図書室にいて、先生が司書室に入るのを見ていました。と言ったら、どんな顔をするか見たかったが、松ちゃんと有村先生に何もなかった場合、松ちゃんに迷惑がかかる。

落ちてくる汗に耐え切れず、Tシャツを捲り上げて拭く。首の後ろを拭いたら、赤いシミがついてしまった。ここを出られたら、保健室に行こう。ワイシャツが乾くのは昼休みと松ちゃんは言っていたけれど、この暑さならば着て歩いていたら、すぐに乾く。窓から差しこむ光で背中が灼けそうだ。

四十歳が近くなると新陳代謝が低下するのか、先生は涼しそうな顔で僕を見ている。

「せめてドアを開けてください」

ドアを開けてもらい、僕は窓を開ける。風が通ったのは一瞬で、騒音としか思えない蟬の声に暑さが増した。

「相方どうしたんだよ?」

「相方?」

「青野。どうせ、あいつもサボってんだろ?」

「さあ、どこ行ったんですかね?」

「一緒じゃなかったのか?」

「一緒だったんですけど」

三組の教室を出た後にどこへ行ったのだろう。僕はどうせ二時間目が終わるまでここ

を出られないのだから、青野がどこで何をしていても関係ない。でも、他のサボってい
る奴らと合流して遊んでいたらと思うと、捕まったことが悔やまれる。
「涼太や青野は学校に来なくなったりしないと思うから、心配はしてないけど、真っ赤
になって学校に来るのはやめろ」
「真っ赤になんてなってませんよ。それも二回だけですよ」
「そうだな」
「学校に来なくなるって、富君のことですか？」
「いや、気にするな。富永のことは涼太とは関係ないもんな」
「関係ないと思いますけど、もしかしたら関係あるかもしれません。けど、それはクラ
ス全員がそう思っているというか」
「わかってる。大丈夫だから気にするな」
有村先生が中学の時よりも厳しくなったように見えるのは、富君が原因なんだろうな
と、内部生全員が思っている。厳しくなったわけではなくて、心配が強くなった。
付属の大学に一般入試で入ろうとすると、それなり以上の勉強をしなくてはいけない。
僕や青野みたいに中学受験から勉強なんてしたことがない生徒には無理な話だ。大学に
入ってから苦労すると言われても、楽できるところでは楽しておきたい。
素行に著しく問題がある、進級が危うくなるほどに赤点を取りつづける、どちらかで

職員会議に名前が挙がるようなことがなければ大学へ進める。遅刻したり、サボったり、裏でタバコ喫ったりしても、この先は危ないという線を越えてしまわないようにみんな注意してうまくやっている。ニュースで話題になるようなキレやすい子供やいじめや不登校が問題になることはほとんどなかった。

中学の時と同じで緩く穏やかな高校生活なんだろうなと思っていた。しかし、入学して一ヶ月が経ったゴールデンウィーク明けにうちのクラスから不登校の生徒が出た。うちのクラスも他のクラスと同じように、ゴールデンウィークが明けたら、席替えをするはずだった。

予定していた日にクラスの三人が休み、勝手に決めると混乱しそうだから違う日にしようとなった。そのうちの二人は次の日には来たが、一人が来なかった。どうせならば全員が揃った日にしようと待つことになったのだけれど、いつまで経ってもその一人は来なかった。不登校だと気がついたら今度はその机をどうしていいか決められず、席替えは保留になったままで一学期が終わろうとしている。

僕の苗字は中原で、不登校の富君は出席番号順で僕の前だ。前の席が二ヶ月間、ずっとあいている。その席は教室のちょうど真ん中で、無言のままクラス中を圧迫している。

「明日の追試は大丈夫そうか？」先生が言う。

「大丈夫だと思いますよ。数学が赤点なのは遅刻したせいですから。実力を出せば、どうにかなります」

「九九の七の段、言ってみろ」

「言えません」

僕が有村先生に目をつけられている一番の理由はこれだ。掛け算ができない。二の段と五の段はどうにかなるが、他がどうしてもできない。みんなができるのが不思議だ。中学生の時は放課後に残され、小学生の計算ドリルを解かされた。その時に富君も一緒に残されていて、仲良くなった。

富君は内部生なのだけれど、僕達とは事情が違う。中学二年生の二学期に帰国子女枠でドイツから転校してきた。日本とドイツでは授業内容が違うと言い、最初の頃は大変そうにしていた。それでも、授業についていこうと真面目に頑張り、クラスにも馴染(なじ)んでいたので、不登校になるなんて誰も思わなかった。

「どうやって、中学に入ったんだよ？」

「父のコネです」

「つまらない冗談はやめた方がいいぞ。真に受ける奴がいるから」

息子は掛け算ができなくて呼び出されているのに、父は物理学者でアメリカの大学で宇宙関係の研究をしている。

何を研究しているかは母も姉ちゃんも僕も誰も理解していないが、その道の権威とか未来のノーベル賞候補とか言われて、たまに新聞に載ったりしている。この前も宇宙の始まりに関する何かの研究の進展に貢献したとかで記事が出ていたけれど、さっぱり意味がわからなかった。去年の夏休みに日本に帰ってきてから一年近く会っていなくて、久しぶりに見た写真の中の父は前よりもハゲが進行していた。

「中学受験の時は必死に勉強したんですよ。母と姉が付きっきりで、つるかめ算を解きつづけたんです。あの頃は丸暗記して、十五の段まで言えました」

小学校五年生になっても掛け算ができなくて、分数の割り算とか言われても頭が混乱するだけだった。こんなにバカでは大学に行けないと察した母は、大学付属の中学に入れるように僕が倒れるまで勉強を教えてくれた。合格発表の日に泣きながら喜ぶ母と姉ちゃんを見て、何があっても大学まで進まなくてはいけないと恐怖さえ感じた。

「その時に憶(おぼ)えたのはどうした？」

「受験が終わったのと同時に忘れました。先生は数学教師じゃないですか？　でも、学生時代には日本史や世界史も勉強してますよね？　それを今も憶えていますか？　僕達と同じ試験問題を解けますか？」

「日本史はできると思うけど、世界史は無理かもな」

「そういうことですよ」

みんながいつまで経っても忘れないということは、掛け算は暗記するものではないのだろうけれど、そのメカニズムが僕にはわからない。自転車に乗るようなもので、一度できるようになればできなくならないと誰かが言っていたが、頭で憶えるのと身体で憶えるのは全然違う。

「また計算ドリルやるか？」

「それで、できるようになるとは思えません」

「図形の面積の出し方とか考えるのは得意だろ？」

「そうですね」

数字だけの問題は苦手でも、図形があれば少しは対応できた。でも、解き方は合っているのに、計算を間違えて、答えが出なくなることがよくある。膨大（ぼうだい）な数字になってしまい、どこで間違えたかを考えているうちにテスト時間が終わる。

「計算さえできるようになればな」

「そうなんですけど」

富君と教室に残り、二人で勉強した時のことを思い出していた。

それまではほとんど話したこともなくて、掛け算ができないことがばれたらバカにされると警戒心を持って接していた。富君は英語とドイツ語を喋れて、日本人学校で勉強したらしく古文や歴史も得意だ。理系科目は苦手そうだが、日本の授業に慣れたら僕と居残りなんてしなくなると距離を置いていた。外国からの転校生に対して珍しく人見知りしていたのだと思う。

この問題解いておけよと言って、先生が教室を出ていった後に富君の方から話しかけてくれた。野球とまんがとゲームと女子にしか興味がない僕にとって、富君の話は新鮮だった。父親がオーケストラ関係の仕事をしているらしく、芸術関係に強い関心を持っている。物理学者の息子なのに、理系科目がさっぱりできない僕とは大違いだ。映画も美術も音楽も、話していることの意味が半分以上わからなかったけれど、おもしろいと感じた。それから二人で話すようになり、遊びに行くようにもなった。

富君は、ブラスバンド部や美術部の同級生ともよく話していたし、三年になる頃には授業内容や学校生活の違いにも慣れて楽しそうにしているように見えた。高校卒業まで日本にいるからみんなと一緒に卒業できると話していた。

いじめられたわけではないし、誰かとけんかしたわけでもない、失恋したわけでもない。富君が学校に来ない原因を誰も特定できずにいた。でも、思い返してみると、特に誰かと仲が良かったわけでもない。話はしても、自分とは違うと僕だけではなくてみんなが感じていた。全員が全員、自分のせいじゃないかと思っている。

ただ、これは青野にも有村先生にも誰にも言っていない話だが、最後に富君と会ったのは僕だ。

保健室に行ったら、ワイシャツは乾いていたけれど、下に着るTシャツがまだ湿っていた。汗だくの体育用Tシャツよりマシだから、着替えてしまう。冷やっとした肌触りが逆に気持ちいい。シミは微かに残っていたが、太陽に当てるとトマトの色素は分解されて薄くなると保健室の先生が教えてくれた。

教室に戻る前に購買に寄る。ポケットに入っていた百円でジュースを買う。自動販売機の前でパックのオレンジジュースを飲んでいたら、河村さんが来て、二階にあるパン売り場から西澤（にしざわ）が階段を下りてきた。

会いたくない女と顔も見たくない奴で三つ巴（みつどもえ）状態と思ったが、河村さんと西澤の間には何もないので、そういうことではない。河村さんは困っているような目でチラチラと僕を見ながら、いちごオ・レを買う。

「何やってんの？」チョコデニッシュを食べながら、西澤が話しかけてきた。

「別に」

「何それ？　沢尻（さわじり）エリカの真似（まね）？」

「古いよ」

西澤は体育クラスの十組で野球部だ。一年なのにレギュラー入りしていて、エース候補と言われている。十組は、試合や合宿のためにあらゆる面において特別扱いされている。普通クラスと関わりを持つことがない。僕が体育クラスで話すのは西澤だけだ。僕は話したいと思ったことなんて一度もないが、向こうが勝手に話しかけてくる。

「元気そうじゃん。どう？　最近？」

「別に」

「出た！　沢尻エリカ！」

何もおもしろくないのに、西澤は一人で爆笑している。引き笑いに腹が立つ。誰か一人を殴っていいと言われたら、間違いなくこいつを選ぶ。

僕と西澤はリトルリーグの時に同じチームにいた。僕よりも小さくて足も遅くてヘタだったのに、中学の三年間会わなかった間に、僕より二十センチ以上大きくなり、悪い薬でも飲んだとしか思えないくらい野球がうまくなっていた。最初に名前を聞いた時には、同姓同名の別人だろうと思った。

「今日から夏の予選が始まるじゃん。うちはシードだから来週からなんだけど、練習きつくて大変なんだよ」

「へえ」

「食べる？」食べかけのチョコデニッシュを差し出される。

「いらない。この暑い中、よくそんな甘い物が食えるな」

西澤に言ったのに、河村さんがビクッと肩を震わせた。いちごオ・レを見て、泣きそうになっている。

河村さんとは小学校五年生と六年生の時、同じ塾に通っていた。ほとんど話したことはなかったけれど、中学受験コースでクラスが一緒だったので顔と名前は知っていた。受験に失敗し、彼女は公立の中学校に進んだ。

中学二年生の夏休みに花火大会で偶然に会った。メールアドレスを交換し、放課後に二人で会うようになった。友達といる時はおとなしそうに見えたけれど、僕と二人の時にはよく喋り、メールから受ける印象もいい。他の女友達とは僕を見る目や態度が違う気がするなと思っていたら、二人で会った帰りに告白された。十月の終わりだったから、三ヶ月もかかった。好きだと言われて舞い上がり、いいよと返事をした。河村さんは嬉（うれ）しそうにして、涙まで流した。それなのに、付き合い始めたら急に暗い顔をするようになり、たった二週間で別れたいとメールが送られてきた。僕が何かしたのだろうかと悩んだが、手も繋（つな）いでないし、デートも二回しかしていない。悩んでも悩んでも何も思い当たらなかった。

何か言いたそうな目で僕を見て、河村さんは一号館へ戻っていく。

「リトルリーグで一軍のキャッチャーだった奴、憶えてる？　背が高くて、オッサンみたいな顔の奴」チョコデニッシュを頬張（ほおば）り、西澤はもごもごと喋る。

何を言っているかわかんねえよと思ったが、聞き取れたので、つまらない絡み方はしないでおく。

「憶えてるよ」

「夏の予選でさ、そいつがいる学校と当たるかもしれないんだけど、弱小野球部っていうの、ろくに練習設備もない学校で、うちの中学の野球部みたいな感じ。コールド勝ちしちゃうと思うんだよね。幼なじみとして、気まずいよな」

「別にいいんじゃん」

「でもマジで弱いから、一回戦で負けると思うけど。そうなってくれると楽だな」

どうせ誰も西澤のことなんて憶えていない。僕やそのオッサン顔のキャッチャーがずっと一軍だったのに対し、西澤は二軍と三軍を行ったり来たりしていた。人数が多いチームで、一軍と二軍以下は練習メニューが別だった。交流会としてやる夏のバーベキューや冬の餅つきしか話す機会はない。僕は交流会で西澤をこき使っていたため、うっすらと憶えていた。

ジュースを買いにきた二年生の女子が西澤を見て、かっこいいねと話しているのが聞こえた。西澤は照れているように肩を竦める。かわい子ぶっている姿が気持ち悪くて、蹴り飛ばしたくなった。

「ただfavoriteさ、そんなにヘタなのに野球をつづけてる意味がわかんなくない？　涼ちゃんもそう思うよね？」

「いや、思わないけど」

　こいつに涼ちゃんと呼ばれるのが、一番に意味がわからない。リトルリーグの時は女みたいな高い声で中原君と呼ばれていた。学校に僕のことを中原君なんて呼ぶ男はいないが、こいつには涼ちゃんと呼ばれたくない。

「つづけてもプロになんてなれないんだよ。オレとかみたいな可能性はもうないわけじゃん。だったら、さっさとやめた方がいいと思わない？　ヘタなチームとやるのはこっちにとっても時間の無駄になるしさ。一回戦突破が目標とかで強くなれるわけないじゃん。志が低すぎ。でも、そういう奴らの方が野球を熱く語ったりしちゃうんだよ。野球選手のものまねばっかりうまかったりして。涼ちゃんみたいに中学でやめておけば良かったのに」

「うるさい！　お前うるさいよ！」

　放っておくといつまでも喋っていそうだから、話を遮る。西澤は怒っている僕がおもしろいと言い、また引き笑いしている。

　マジで殴りたいけれど、野球部員を殴ったら、ただのけんかとしては扱ってもらえない。生徒指導室に僕だけが正式な呼び出しをされて、親まで呼ばれてしまう。

「まあ、ベストエイトまで進んだら全校応援だからさ、よろしく頼むよ」

　肩を叩かれ、怒りが湧いても我慢する。

「負けるところを見にいってやるよ」

「甲子園まで行かないと見れないかもよ」

「ベストエイト前に負けたりしてな」

野球部がどうなっても誰も興味なんてないのに、予選の準々決勝以降は中学と高校の生徒全員で応援に行く。県の代表になれば、もちろん甲子園まで全校応援に行く。

僕達が中学一年生だった夏に甲子園に出た。早朝からバスに乗って甲子園まで行き、試合が終わったらすぐに帰ってくる弾丸ツアーに三試合も参加させられた。一試合目と二試合目は楽しかったが、三試合目には誰も口には出さなくても、負けを望んでいる空気がバスの中に漂っていた。

今年も甲子園出場の有力候補と言われている。どっちにしても、僕は予選も甲子園もサボる予定だ。

「まだ一年なのに試合に出ちゃうなんて、先輩達に悪いよな」

「お前と話すの面倒くさい。教室に帰る」オレンジジュースを飲み干し、パックをゴミ箱に投げ捨てる。

ゴミ箱まで三メートルくらいあり、ここで外したらかっこ悪いと思ったが、ちゃんと入った。

「オレも帰ろう」

「ついてくんな！」

「しょうがないじゃん。教室が隣の隣なんだから」

「離れて歩けよ！」

「涼ちゃんが離れればいい」

「お前がくっついてきたんだろ！」

　言い合いをしながら中庭を歩いていたら、二号館の四階から西澤君と呼ぶ高い声が聞こえた。三年の女子が手を振っている。しかもキレイな先輩が揃っていた。西澤は小さく会釈だけして顔を伏せる。下から覗きこむと、エロい妄想でもしているのか、気持ち悪い笑みを浮かべていた。

　涼太君と呼ぶ野太い声が聞こえて顔を上げたら、元野球部の先輩達が窓から身を乗り出していた。恥を知ってほしい。屋上に巣を作っているカラスに一人ずつ攻撃されればいいのに。


　教室に戻ったら、視聴覚室からみんな戻ってきていた。青野はいなくて、隣のクラスの望月が青野の席に座っていた。

　一番前で堂々とニンテンドー３ＤＳをやっている。廊下の方を向いて座り、大きく開いた足に肘をつくという女子としてあり得ない姿勢になっているが、本人は気づいているのだろうか。他の女子だったら見たくても見てはいけないと目を逸らすところだけれど、望月だったら見てもいい気がする。

「何、見てんの？」望月は３ＤＳから顔を上げる。

「何も見てないよ。青野は？」

「いないんだけど、一緒じゃなかったの？」足を閉じて正面を向き、机に肘をついてゲームをつづける。

「一時間目の後にはぐれた」

和尚の話が途中だったと思い出した。久野さんを追いかけたせいで、彼氏が誰か聞けなかった。

「まさか、浮気してる？」冗談か本気かわからない不安そうな顔をする。

望月は青野の彼女だ。先月の初めから付き合っている。

「してないよ。大丈夫だって、誰も青野なんて相手にしないから」

「涼太よりはもてるよ」

「そんなことないよ」

実際は、青野は浮気の心配をした方がいいくらいにもてる。西澤みたいにキャーキャー騒がれはしなくても、密かに人気がある。うちのクラスでも青野を好きな女子が何人かいるはずだ。電話で相談に乗ったり、力仕事を手伝ったり、誰も見向きもしないような女子に声をかけたり、これをやればもてると雑誌に書いてあるようなことがさりげなくできる。

「それよりさ、夏休みにお父さん帰ってくるの？」

「知らない」

父から僕の携帯電話に直接かかってくることはたまにあるが、いつ帰ってくるかは聞かない。一緒に暮らしたのは、小学校低学年の時の二年間だけで、どう話していいか考えてしまう。一方的に父が話し、僕は相槌（あいづち）を打つだけだ。

「うちのママが涼ちゃんパパにお願いしたいものがあるとか言ってんだよね」

「何？」

「まつ毛が増える薬。日本で買うと高いんだって」

「お母さんに聞いておく」

僕と望月は簡単に言えば幼なじみだ。家が近所で幼稚園に入る前から知っている。幼稚園、小、中、高と同じ学校に通ったのは望月しかいない。母親同士が仲が良くて幼稚園の頃はよく一緒に遊んでいた。小学校と中学校の時は妙な恥じらいがあって、距離を取るようになっていた。こうして話すようになったのは高校生になってからだ。僕達が話しているところを見て、青野は望月が気になるようになったと前に言っていた。

「青野、どこに行ったんだろう」

恋に悩む乙女のような顔をしているが、やっているゲームはモンスターハンターだ。

大剣を振り回し、ザシュザシュ音をさせてモンスターに斬りかかっている。血を噴き出して悶えるモンスターにあと一歩と感じたのか、望月は目を輝かせる。

「そろそろ罠をしかけてもいいんじゃん。それ捕獲するんでしょ？」

「わかってるよ。うるさいな」

僕と青野は中学の時にモンスターハンターをやりこんだ。ジャージを着て部活をするために集まったのに、部室に使っていた空き教室に籠り、野球部全員でモンスターハンター大会をやって下校時間になってしまったこともあった。

中学一年の時は、野球部のダラダラした空気にストレスを感じたこともあったのに、三年になる頃にはそれが当たり前になっていた。身長が足りないし、頑張って練習しても高校野球部ではレギュラーになれないし、楽しい方がいいと言っていたが、やる気がなかっただけだ。

「何やってんの？」青野が教室に戻ってくる。

「どこ行ってた？」僕が聞く。

「図書室に戻ってた」

「松ちゃんと二人で話してたの？」図書委員でもない奴に松ちゃんを独占させたくない。

「閲覧席で寝てた」

「ああ、そう。だったら、いいや」

「涼ちゃんは何してたの？」

「有村先生と二人きりで生徒指導室で話してた」

「うわあ、最悪」

「言うな」

「それで、望月はどうしたの？」

青野が目を向けると、望月は嬉しそうに表情を柔らげる。

「モンハンでわからないことがあって教えてもらいたかったんだけど、涼太に教えてもらった」

「何も教えてないじゃん」僕が言う。

「罠のタイミングが知りたかったの」

青野に話す時と僕に話す時で、声も目つきも違う。望月はこんなキャラではなかったはずだ。

付き合い始めた頃は青野の方が気持ちが強くて、望月はどうしたらいいか迷っているような感じだったのに、いつの間にか逆転したっぽい。

キスしたとかそういうことがあったんだろうなと予想しているが、聞けない。僕と望月は幼稚園の頃に一緒にお風呂に入った互いの裸を知る仲だ。その時よりも成長しているとわかっていても、キス以上のこともするかもしれないと思うと、今の青野とまだ幼稚園児の望月がやっているところを想像してしまう。

きっとキス以上のことをしたら、青野は僕に報告してくる。中学二年の冬に付き合っていた彼女とキスした時は即行でメールが送られてきて、電話もかかってきた。

「じゃあね」望月は青野に手を振り、教室を出ていく。

青野は席に座り、溜め息をつく。しばらくぼうっと窓の外を見た後にもう一度、大きく溜め息をつく。

「どうした？」僕が聞く。

「何が？」

「溜め息ついたから」

「特に意味はないよ」

「ああ、そう」

「オレさ、夏休み中に望月とやると思う」顔を近づけて声を小さくする。

「何を？」

「それはボケか？」

「ごめんなさい。セックスな、セックス」

ボケるつもりはなかったが、セックスだと理解するのを心が拒否した。

「七月後半にはできると思うんだよ。花火大会の頃かな」

「へえ」

　相手が違ったら、自信の出所やいつどこでやる計画なのか詳細を聞きたいところだけれど、望月だと思うと聞いていいか迷う。

「そういえばさ、久野さんの彼氏って、聞いた？」

「聞いてない。聞いたの？」

「聞いた。どうする？　涼ちゃんは聞かない方がいいと思うよ」

「いや、そう言われたら余計に気になるよ」

「余計に気にならせようと思って」

「教えてよ」

「西澤だって」

「はあっ？」

　あの西澤だと断定しながらも、頭の中で違う西澤を探す。十クラスあれば、もう一人くらい西澤がいてもいいだろうと思うが、僕が知っている中にはいない。

「西澤って、野球部の？」もしも違う西澤がいたとしても、僕が聞かない方がいいと言うならば、あの西澤なのだろう。

「それ以外に誰がいる？」

「いないと思う」

「久野さん本人が言ったわけじゃないし、恋バナするタイプじゃないから仲がいい女子も詳しくは知らないらしいけど、二人で放課後に駅前のマックにいたんだって。一回だけじゃなくて、二回も三回も。久野さんが先に部活が終わっても、野球部の練習が終わるまで待ってるんだって」

「へえ、そうなんだ」

つまらない、すごくつまらない。急に全てがつまらなく思えてくる。

久野さんのことをかわいいと思っても、好きとかそういう感情までは持っていなかったのに、失恋したような気持ちになった。相手が西澤というのが最悪だ。そんな男の趣味が悪い女を追いかけたせいで、有村先生と生徒指導室一時間コースを過ごさないといけなくなったんだ。涼しい図書室で松ちゃんと話していられたはずなのに。あんな女と関わるんじゃなかった。

西澤なんかと付き合っているから、トマトを投げる時もピッチングフォームが完璧だったんだ。変化球も手取り足取り教えてもらったんだろう。あの長い手足を西澤が触ったんだ。羨(うらや)ましい。僕も女の子に触りたい。久野さんに触りたかった。

久野さんと西澤に関する妄想、青野と望月に関する妄想、その二つに苛(さいな)まれ、もやもやしているうちに三時間目の日本史と四時間目の古文が終わった。日本史は先生がやる気出ないよなと言って雑談していたが、古文はきっちりと授業を進めた。雑談の内容は耳に入ってきたのに、古文はすり抜けていった。

昼休みになり、駅前のコンビニにパンとお菓子を買いに行く。

いつもは学食に行くが、自転車で来た日は学校の外に出る。弁当は三時間目と四時間目の間に食べてしまった。今日の弁当は姉ちゃんが作ったモンスターハンターに出てくる猫のアイルーのキャラ弁だった。

騒がしい教室を離れて、誰もいない川沿いの道をゆっくりとサイクリングするのはなかなか快適だ。

空の高いところまで昇った太陽に照らされても、暑すぎるせいか汗はあまり出ない。暑いを通り越して陽射しが痛い。

日陰では狸が死んだように伸びていて、川では鴨の親子が泳いでいる。支流なので、底も浅いし、川幅も狭いけれど、よく見ると小さな魚が泳いでいた。駅の反対側には大きなバスターミナルがあり、スーパーや商店街もあって栄えているが、こっち側は林と畑と川が残り、自然に溢れている。開発のために追いやられてきたのか、狸が前よりも増えた気がする。

「涼ちゃん」

畑の前を通りすぎようとしたら、誰かに名前を呼ばれた。女子の声だった。後ろを見ても誰もいなくて幻聴かと思ったら、畑の中に久野さんがいた。トマト畑から顔を出し、僕に向かって大きく手を振っている。トマトを片手に持ったまま、畑を出てくる。

「何してんの？」自転車を止める。

「お昼ごはん」

久野さんは自転車を挟んで、僕の正面に立つ。大きく口を開けてトマトにかぶりつく。中のドロッとした汁が指にこぼれて、舌を出して舐める。

「涼ちゃんは何してんの？」

「コンビニに行こうと思って。あのさ、その涼ちゃんっていう呼び方はやめてくれないかな」

「どうして？」

近くで見ると、すごくかわいい。逆パンダ灼けもどうでも良くなるくらいかわいい。身長はもう少し高いと思ったが、僕と同じくらいだった。顔が小さいので、大きく見えたのだろう。向かい合った目の前に顔がある。目を見つめられただけで、好きになってしまう。

「だって、親しくもないのにおかしいじゃん」

僕のことを涼ちゃんと呼ぶ女子は他にもいるが、内部生で仲がいい女子だけだ。中原君でも、涼太君でも、涼太でも、涼ちゃんでも、呼び方なんてなんでもいいとは思っても、西澤の彼女と親しいと思われたくない。

「じゃあ、なんて呼べばいいの？　和尚君は涼ちゃんって呼んでたよ」

「和尚君って」そんな呼び方をする人は初めて見た。女子は和尚のことを苗字で和田君と呼ぶ。

「涼ちゃんでいいじゃん。わたしのことは愛美ちゃんって呼んでいいよ」

「それは、ちょっと」

「じゃあ、久野ちゃん。今の学校の友達はみんなそう呼ぶから」

「あんまりさ、僕と関わらない方がいいと思うよ。僕、久野さんの彼氏と仲悪いから」

「久野ちゃんって呼んでよ」

「だからね、僕は君の彼氏と犬猿の仲ってやつで」

「君って呼び方は気持ち悪い」

「久野さんの彼氏とね」

「彼氏って誰？」やっと会話の流れに気がついたのか、アヒル口になって首を捻る。

アヒル口をして許されるのはかわいい女子のみだけれど、久野さんは充分にかわいい。

西澤はこのかわいい口にキスしたりするんだろうな。

「西澤」

「西澤君？　野球部の？」

「そう、付き合ってんでしょ？」

「付き合ってないよ。友達だけど、付き合ってないよ」

「二人でマックにいたって」

「友達だもん」

「あれ？　マジで付き合ってないの？」

「わたしが涼ちゃんに嘘つく必要ある？」

「ない」

付き合ってないんじゃん。噂だけなんじゃん。噂に踊らされちゃったじゃん。妄想していた時間を返してほしい。でも、友達ではあるのか。西澤なんかと友達なんだ。

「西澤君とは中学の時から知り合いなの。それで、色々と気にかけてくれて。人気あるのわかるし、中途半端に何か言うと余計に誤解されるでしょ」

「そうなんだ」

「そうだよ」

話しながら、久野さんは僕の右肩に触る。手も陽に灼けている。指が細くて長い。

「何？」

「シャツ、着替えたの？」

「洗濯してもらった。まだちょっと赤いでしょ。でも、こうして陽に当たっていたら薄くなるんだって」

「肩、痛かった？」

「少し」

「ちゃんと受け取ってくれないからいけないいんだよ」

「投げると思わないだろ！」

「じっと見てるから、トマト欲しいのかなって思ったんだもん」

「トマト泥棒だって驚いて、見てたんだよ。ここの畑の野菜や果物はうちの学校の生徒も林の狸もカラスもみんな狙っているけど、盗まないのが暗黙のルールなんだよ」

「盗んでないもん」

「トマト食ってたじゃん」

「ここ、わたしのおばあちゃんの家の畑なの」勝ち誇ったように顎(あご)を斜めに上げる。

「このトマトは熟しすぎたから食べていいって言われてんの」

「そういうことだったのか。疑ってごめんなさい」

　奥にあるビニールハウスの前でお昼ごはんを食べていたおばあちゃんとおじいちゃんが久野さんに向かって手を振り、久野さんも振り返す。笑うと垂れる目がよく似ていた。

「家も学校の近くなの？」

「ううん。おばあちゃんの家は近いけど、今の家は駅前のバスプールからバスで十五分くらいかかる」

「バスプールって何？」そんな言葉は聞いたことがない。

「駅前のバスプール」駅の方を指差す。

「バスターミナルのこと？」

「ええっ！　そんな言い方しないよ。バスターミナルって、空港にあるやつでしょ？」

「久野さん、ここら辺の人じゃないよね？」

今の学校、今の家という言い方が引っかかっていた。ここを今だけの場所と思っているみたいだ。前の学校、前の家を自分が本来いるべき場所だと考えている。

「中学まで仙台だった。被災して、今年の春に引っ越してきたの。お母さんと二人で」

「そうなんだ。ごめん」

「ううん。全然、気にしないで。大丈夫だから」

去年の三月十一日に東北から関東にかけて起きた地震では、この辺りも大きく揺れた。学校は期末テスト後の休みに入っていて、僕は和尚や他の友達と青野の家で遊んでいた。青野のお父さんに余震もつづいているし動かない方がいいと言われて、みんなで泊まった。東北の町に津波が襲っていくのをテレビで見ていた。

震源から遠く離れた場所でも停電になる地域や、損壊した建物があった。しかし、僕達が住む町に被害はほとんどなかった。一年以上が経ち、忘れたように暮らしてしまっている。東北地方では今も町の復興を目指して活動している人や、仮設住宅で生活している人がいる。

地元の公立中学に通っていた友達やまだ小学生の青野の妹は、親戚の家を頼って来た転校生がいると話していた。うちの学校は帰国子女以外の転校生は受け入れていなくて、自分達には関係がないことのように感じていた。

全てが落ち着く日はまだ先のことで、高校や大学への進学を機にこっちに来る人もいるのだろう。

「そっか、バスプールって仙台の言い方なのか」トマトを齧りながら、久野さんが言う。

「そうだと思うよ」

「バスターミナルって、変な感じだな」

「バスプールのままでいいと思うよ」

「そうかな？　変な言葉を使ってるっていじめられない？」

「いじめないよ。うちの学校、それだけはないから」

「そっか。良かった」小さく頷いて、口を閉じたままで穏やかに笑う。

この穏やかな笑顔が彼女の本当の顔で、大きく口を開けてはしゃいだり、壁をぬりかべにして笑いをとったり、走り回ったりしているのは、無理をしている姿なのかもしれない。

「大丈夫だよ」

「ありがとう。トマト食べる？」食べかけのトマトを差し出してくる。

「いらない、トマト食えない」

僕が断ると、久野さんは白目を剝いた。

やっぱり、変な女だ。

姉ちゃんは腐女子というやつだ。

僕が朝ごはんを食べている横で、八月のイベントのためにコスプレ用の衣装を縫っている。

去年はアニメやまんがでしかありえないような襟が大きなセーラー服で、一昨年はレースがたくさんついたゴシック調のブレザータイプの制服だった。学校の制服ばかりなのは、大学生の時からずっと付き合っている彼氏の趣味だ。会ったことがないので、その彼氏も腐女子的な二次元創作だと僕は疑っている。

インターネットやアニメの専門店でセットで売っているのだけれど、素材が安っぽいと言い、毎年必ず自分の手で作りあげる。一昨年はレースの量が多くて、イベント前日に泣きながら縫いつけていた。

今年はグレーのプリーツスカートに白いベストで、うちの学校の制服とあまり変わらない。シャツとベストは似たようなものを買ってきて改良するだけだから、もうすぐできあがるみたいだ。

「学校は？」姉ちゃんが言う。襟元につける水色のリボンを手縫いで仕上げている。

「昼から」二枚目の食パンに目玉焼きを載せて食べる。

ゆっくり朝ごはんを食べるなんて久しぶりだ。起きないといけないと思うと起きられないのに、寝ていていいと思ったら起きてしまった。

「なんで？　まだ夏休みじゃないでしょ？」

「追試」

追試は朝から夕方までかけて、一日で全教科を終わらせる。時間割によっては、朝一と夕方になるなと思っていたら、化学が十一時からで次が数学だった。

「仕事は？」

「休み。この前、土曜日出勤したから」

「へえ」

「わかってないのに、頷いたでしょ？」

「ううん」

「じゃあ、どうして土曜日出勤したから休みなのか言ってみな」

「振替的なことでしょ？」

「そんな単純な話じゃありません」姉ちゃんは顔を上げて、僕の方を見る。「会社には涼ちゃんでは計算できないようなシステムがあるんです。土曜日出勤による平日休みには、宇宙の法則のような壮大な数式が隠されているんです。適当に頷いたことを謝りなさい」

「すいませんでした。わかってないのに、頷きました」

　宇宙の法則と言った辺りで嘘だとわかったが、話が長くなりそうなので謝ってしまう。

「すいません以外の言葉で」

「ごめんなさい」

「それ以外。もっと誠意が伝わるように」

　僕と姉ちゃんは年齢が一回り離れている。姉ちゃんの権力は絶対で、歯向かうことは許されない。子供の頃は遊び道具の一つにされていると気がつかずに、なんでも言うことを聞いていた。しかし、いつまでもおとなしくしている僕ではない。高校生になったのだし、そろそろ下剋上（げこくじょう）を起こしてもいいだろう。

「うるせえよ、ブス」顔を見て言うのは怖くて、姉ちゃんが座っているのとは逆にリビングの方を向く。

「ブスって言った？」

「言ってません」

「自分がお母さんに似てかわいい顔してるからって、お父さんに似た姉ちゃんをブスだなんて言っていいと思ってんの？」持っていた針を置き、なぜかフォークに持ちかえて睨（にら）んでくる。

「だから、言ってないよ。って、それはやめろ！」

姉ちゃんは手にしたフォークを振り上げ、僕が食べていた目玉焼きの黄身に突き刺した。半熟の黄身が溢れ出し、皿の上にこぼれ落ちる。

「お母さんに泣きつくんじゃないよ」

「お母さん、お姉ちゃんがいじめるよ」泣き真似をする。「崩さないように慎重に食べてたのに」

「泣きつくんじゃないって言ってんでしょ！」

ダイニングで姉弟が騒いでいるのも気にせず、母はリビングで韓流（はんりゅう）ドラマのＤＶＤを見ている。

うちのテレビには常に姉ちゃんが好きなアニメか、母が好きな韓流ドラマが流れている。先週は息子が期末テストなのも忘れたように、母は今年だけで三回目になる韓国旅行に行っていた。スターのファンミーティングに参加して、ハグしてもらったとはしゃいでいた。

「何時に出るの？」姉ちゃんはフォークを置き、針を持つ。

「十時」

もう少し遅くても間に合うが、初めての追試だし、早めに行った方がいい。こぼれ落ちた黄身をパンにつけて食べる。

「じゃあ、まだちょっと時間あるね？」

「うん」

「寸法見るから、これ着て」仮縫い中のスカートと改良前のベストとシャツを渡される。姉ちゃんの身長は僕と同じくらいだ。手足の長さも変わらない。ウエストも同じくらいと姉ちゃんは言っているが、僕の方が細いと思う。体型の寸法が近いので、トルソー代わりに使われる。

さっきの中途半端な下剋上のせいで、今の僕にこれを拒否する権利はない。

リビングの隣の和室に行き、Tシャツとハーフパンツを脱いで、シャツを着て、スカートを穿き、ベストを着る。襟元にはできあがったばかりのリボンも結ぶ。文化祭や体育祭、こうして姉ちゃんに頼まれた時、しょっちゅう女装しているせいか、躊躇いがなくなってきた。

しかし、自分が通う学校の女子の制服とよく似た格好をするのは、いくら慣れていても変な感じがする。メイド服とか、チアガールとか、ナース服とか、いかにもコスプレという服装の方が笑いがとれるし、気持ちを割り切れた。

「着たよ」リビングに出る。

「あら、かわいい」テレビを見ていた母が顔を上げる。

「そうでもなくない？」姉ちゃんは不服そうにしている。「前の方がかわいかった。すね毛濃くなったんじゃない？　男臭くならないでね。気持ち悪いから」

「どっちでもいいよ。さっさとしてよ」

「はい、はい。じゃあ、そこに立って」丈を見ながら、スカートの裾を（すそ）マチ針で留める。

「上も着る必要あったの？」

「うるさい！　刺すよ！」マチ針で太腿（ふともも）を刺される。

「刺してんじゃん！」

「動かないで！」

「そういえばさ、お父さんって夏休みに帰ってくるの？」

「八月になったら、帰ってくるんじゃない」母が言う。「頼みたいものでもあるの？」

「望月のお母さんがまつ毛の薬頼みたいんだって」

「まつ毛の薬？」

「伸びる薬？　増えるだったかな？」昨日の休み時間、望月がなんて言っていたか忘れてしまった。

「どっち？」

「どっちか」

「どっちよ。いいわ、望月さんに確認しておくから。お父さんが帰ってくるんじゃ、掃除しないとね」

日本に残る妻と子供達のために父が買ったマイホームは、母と姉の趣味の館と化している。リビングのテーブルには韓流ドラマとアニメのＤＶＤや雑誌が積み上げられ、冷蔵庫には韓流スターのポスターが貼ってあり、玄関にはアニメのキャラクターの等身大パネルが置いてある。

うちに人が来ることはたまにしかないから、多少のホコリは見て見ぬフリして、掃除機もかけない。週に一回は換気してと頼まれている父の書斎は、一年前からドアさえ開けていなかった。父が帰ってくる前に、一日かけて大掃除をする。

「もういいよ。針が抜けないように脱いでね」姉ちゃんは僕の太腿を叩く。

「わかってるよ」

和室に戻り、襖を閉める。姿見の前に立ち、全身をうつす。

姉ちゃんが言った通り、前の方がかわいかったと自分でも思った。野球をやめて筋肉は落ちたのに、骨が太くなった気がする。全身が筋っぽくなってきた。顔も前はもう少しふっくらしていた。身長や体重は大して変わらなくても、身体の組織は変わってきているのだろう。

久野ちゃんと似ているか似ていないか考えるまでもなく、似ていない。女の子にあるしなやかさや柔らかさが僕にはない。ヒゲは産毛程度にしか生えないのに、腕毛やすね毛は濃くなった。似ているかもなんて思うだけ、失礼な話だ。

　駅前でバスを降り、学校まで徒歩五分の道を乗り切るためにコンビニでまんが雑誌を立ち読みして涼み、ソーダ味のアイスを買った。食べながら歩いている間に、アイスは溶けてしまう。水滴になって落ちると、アスファルトの上ですぐに蒸発した。

　空が青すぎる。

　見上げたら、目が痛くなった。雲一つない青空の中心で太陽が全力で熱を発している。

　小学生の頃、虫眼鏡で蟻を焼き殺したことがあった。あの時の蟻はこんな気分だったのかもしれない。太陽の光が一直線に僕を刺している。制服から出ている首筋や腕に噛みつくように、暑さがまとわりついてくる。

　正門に向かう道は幅が広くて、日陰がない。道路も周りの家も学校も、何もかもがいつもより白く見えた。遠くに見える山の緑だけが濃い。

　追試がない生徒は休みで、土日と同じように午前中から部活をやっている。ランニングしている陸上部員と途中ですれ違った。よく走れるなと思ったが、僕も去年までは夏休み中ずっと野球の練習をしていた。夢中になるほど真剣に練習をしていたわけではなくても、暑さはあまり気にならなかった。

食べ終えたアイスのゴミをカバンの中に突っこみ、正門から学校に入る。サッカー部が練習していたので、グラウンドの端を通る。走る度に舞い上がる砂埃と汗で、サッカー部の部員は全員が茶色くなっていた。泥まみれになることも、去年まではなんとも感じていなかった。

一号館に入り、階段を上っている途中で青野とすれ違った。

「今から化学の追試？」青野が言う。

「うん。生物は？」

「終わった」

「どうだった？」

「期末テストの問題がほとんどそのまま出た」

「そうなんだ。もう帰るの？」

「どうしようかな。涼ちゃん、終わったらうちに来る？」

「そのつもり」

昼過ぎに数学の追試が終わっても、やることがない。家に帰っても、母と姉ちゃんがいるから、落ち着いてまんがを読んだりゲームをやったりできない。駅前にある青野の家に寄ろうと思っていた。

「化学の後にすぐ数学の追試なんだよね？」

「うん」

「二時間くらいか。じゃあ、図書室で待ってるよ。閲覧席で寝てるから、終わったら起こしにきて」

「わかった。じゃあな」

「じゃあな」

青野と別れ、三階にある五組の教室に行く。追試は五組の教室を使う。

化学の追試を受けるのは僕を入れて学年で八人だけで、他は全員が来ていた。うちのクラスは僕しかいなくて少し不安だったのだけれど、内部生の友達がいた。少し話してから席につく。窓側の列から縦に順番に並んで座るようにと、黒板に指示が書いてあり、教卓に座席表が置いてあった。

七組の外部生の女子がいて、一席あけて、僕は窓側の一番後ろに座る。あけたのは学校に来ていない富君の席だ。期末テストの欠席は赤点扱いになるらしく、座席表に名前が書いてあった。

「全員揃ってるか？」試験監督の有村先生が入ってくる。あいている席を見て、座席表を確認する。何も見なかったように顔を上げた。「いいか。六十点が合格ラインだからな」テスト用紙を配っていく。

「合格しなかったら、何かあるんですか?」一番前に座っている二組の男が言う。

「担当の先生次第だな。涼太、数学は合格できなかったら、夏休みに課題出すぞ」

「嘘?　マジで?」身体を伸ばし、前の前の席に座っている女子からテスト用紙を受け取る。

「マジです。先生は嘘は言いません。はい、始めて」

チャイムが鳴り、裏にしていたテスト用紙を表に返す。

穴埋め問題が選択問題になっている、問題数も減っている、期末テストに似た問題が出ていた。明らかに簡単になっているのは感じたけれど、さっぱりわからなかった。

そのまま同じ問題が出ていたなと思っても、復習していないから答えを知らない。みんな復習してきているのか、迷いなく答えを書きこんでいる。このままでは、僕だけが合格できないかもしれない。この世の終わりは陰険だから、きっと大変な課題が出る。

選択問題を文章の内容を考えて、辻褄(つじつま)が合うように答えを選んでいく。化学と数学はクラスでビリでも、現代国語はクラスで一位だった。学年でも二位だ。問題文を読みこめばどうにか答えが出せそうな気がする。わからない場合は勘(かん)に頼る。

教室の前の扉が開き、白衣を着たこの世の終わりが入ってくる。実験することなんて滅多にないのに、いつも白衣を着ている。

「何か質問はありますか?」この世の終わりは、解答用紙を覗きこみながら、机の間を歩いてくる。「中原君、大丈夫そうですか？」僕の横で立ち止まる。

「大丈夫じゃないです。答え教えてください」

「駄目ですよ」

「そうですよね」

「中原君、知ってますか？　この世界は今年の終わりに崩壊するんですよ」

「はい？」

「太陽の周期的なもので磁場が変わって、地球には暮らせなくなるんです。人類は滅亡するんですよ。隕石の衝突や核戦争という説もありますね。でも、隕石に関する報告はないので、夏休みの終わり頃に核戦争が勃発するかもしれません」

「はあ」

「マヤ暦でそう言われているんです。十二月の冬至の頃にこの世の終わりが来るって」

「へえ、そうなんですか」

　この世の終わりって呼んでるのがばれていると、確信した。追試中に言うなんて、僕の心を乱すつもりなんだ。呼び始めたのは青野であり、僕ではない。

「成績が良くても悪くても、どうせこの世は終わるんです。君達は二年生になれないんです。追試なんて意味ないと思いませんか？」窓の外を向き、遠くを見つめている。

「地球最後の日まで頑張ります」異様なプレッシャーを感じ、そうしか言えなかった。

「あれ、なんですかね？」空を指さす。

「どれですか？」指さした方を見上げるが、何もない。

「何か飛んでいたんですが、消えちゃいました」

「はあ」

「頑張っても、この世の終わりは来るんです」最後に僕の目を見て、教室を出ていった。

「お前、何かしたのか？」教卓の前に立っていた有村先生が僕の席まで来る。

「さあ」

「数学的な見解を言えば、地球は崩壊しないだろうから頑張れ」

「はい」

頑張ろうと思っても、日頃から何もやっていなければ、答えなんて出てこない。一学期の自分を思い返してみても、何をやっていたか思い出せないくらい遊んでばかりいた。

青野の家に元野球部の先輩や友達で集まり、ゲームして、まんが読んで、青野のお父さんに頼まれて町内会の草野球の試合に出て、小学生や中学生の時と変わらない日々を過ごしている。

夜遊びして酒を飲んだり、他校の女子と合コンしたり、親が旅行に行っている間に彼女を家に呼んだりなんていう楽しそうなことは何もない。高校生になったら、彼女がいるのが当たり前になると期待していたのに、自分の周りから日に日に女子の気配がなくなってきている。一緒に遊んでいる友達の中で、彼女がいるのは青野だけだ。夏休みのために彼女を作ろうと計画している奴はいても、妄想だけが先走り、玉砕するのが目に見えていた。

リトルリーグや部活の練習があった分、高校生になる前の方が充実した毎日を送っていた。野球部なんて遊んでばかりだったけれど、大会前にはちゃんと練習してミーティングもしていた。夏休みには合宿にも行った。

問題文を読みこんでも、授業内容を思い出そうとしても、何も出てこなくなり、シャーペンを置く。授業なんて聞いてないんだから思い出せるはずがない。

終了時間まで十分以上あるが、みんな解き終わったみたいだ。前の前に座る女子は問題を解いている姿勢のまま、動かなかった。そのまま寝ているのだろう。背中のブラジャーの線が透けている。ぼんやりとした形はわかるが、ベストが邪魔をして細かいところや色はわからない。

夏服の時は男子はベストの着用は自由で、誰も着ていない。ネクタイはロッカーの奥で丸まっている。女子はベストもリボンも必ず着用と決まっている。職員会議で、脱いだらブラジャーが透けてしまいますと先生達が議論したんだろうなと、どうでもいい想像をしてしまう。

いつまでも見ていたら、透視しようとしているのがばれてしまうと思い、窓の外に視線をずらす。五組の教室からは目の前にプールが見える。水泳部が練習していた。

久野ちゃんを探してみたけれど、同じような競泳用水着に水泳帽とゴーグル姿の女子達からは判別できなかった。手足が長い女子がいたので、あれかなと思って目を凝らす。でも、久野ちゃんも数学のテストに遅刻したのだし、追試かもしれない。

水泳部は夏休み中はずっと練習するのだろう。お盆の頃は部活が禁止になるから、久野ちゃんはその時には仙台に帰るのかもしれない。

四十日もある夏休みの間、僕は何をすればいいんだろう。


数学の追試は人数が多くて、教室の半分以上が埋まった。座席表を見たけれど、久野ちゃんの名前はなかった。

それどころか、教室の後ろに貼ってある成績上位者の表を見たら、ほぼ全教科で名前が載っていた。数学は八十八点で八位だった。そして、僕が二位で調子に乗っていた現代国語の一位は久野ちゃんだった。貼りだされたのは先週末で、その時はまだトマト女が久野ちゃんだとわかっていなかったので、知らない女子に一位をとられたとしか思っていなかった。全教科の総合でも、学年で五位だった。

遅刻はするし、トマトを投げるし、いきなり逃げ出すし、運動神経がいいだけのバカ仲間だと思っていたのに、違ったんだ。

足の速さで負けた、身長は同じくらい、成績は比べるまでもない。僕と久野ちゃんでは、レベルが違いすぎる。野球部の西澤の彼女だという噂が嘘だとわかったら、久野ちゃんを狙いにいく奴が増えてしまうかもしれない。

その西澤は数学の追試にいた。練習中に抜けてきたのか、終わったらそのまま練習に出るのか、野球部の練習用ユニフォームを着ている。席について試験監督の先生が来るのを待っている間に目が合い、また話しかけてくるかと思ったが、睨まれた。どうして睨んだのか問いただそうとしていたら、先生が来た。

追試の問題は期末テストと数字が違うだけだとわかったのに、化学と同じように復習していないから、解き方がわからない。選択問題がない分、化学よりもできなかった。

無事にとは言えない状態のまま追試が終わり、教室を出る。

僕が他のクラスの友達と話している間に、西澤は何も言わずに教室を出ていった。

普通クラスの生徒にとって、体育クラスの生徒は違う学校の生徒と思えるくらい遠い存在だ。内部生と外部生でも差はあるが、同じクラスになったり、友達を介したりして、輪が広がっていく。体育クラスの生徒は学校側の扱い方以外にも、体格や態度が違い、根本的に人間としての種類が異なる気がした。

僕達が壁を作っている限り、向こうからは話しかけられないだろう。十クラスもあるのに、自分のクラスにしか友達がいなくて、こうして他のクラスの生徒が集まる時でも、すぐに帰ってしまう。

昇降口を出て、青野が待っている図書室に向かう。

中庭を抜けるのが近道だが、遠回りしてプールの横を通る。昼休みに入ってしまったのか、練習している声や笛の音は聞こえなかった。もう少し待ったら、プールに戻ってくる久野ちゃんと会えるだろうか。

「涼ちゃん」上から声が聞こえて、顔を上げる。

プールを囲む柵(さく)の向こう側に久野ちゃんがいた。一メートルくらい高いところにプールサイドがあり、目の前に久野ちゃんの長い足が見える。逆光で陰になっているのに、水着姿が眩(まぶ)しい。

鼻の下を何かが流れた感覚があり、鼻血が出たと思って慌てて拭ったら、汗だった。まんがじゃないんだから鼻血なんて出ないと思っても、身体中が危険信号を発していた。競泳用水着で締め付けられていても、胸が大きいのがわかった。

「部活？」水泳部が練習しているのを見ていたくせに、さりげなさを装う。

「うん」

「他の人は？　声聞こえないけど」

「昼休みと追試、午前練だけで帰っちゃった人もいる。涼ちゃんは何してたの？」

「追試。数学の。久野さんのせいだよ」

「久野さんじゃなくて、久野ちゃんって呼んでよ」頬を膨らませて、口を尖らせる。

「久野ちゃんのせいだよ」

内心では久野ちゃんと呼んでいるくせに、本人に向かって呼んだら、すごく恥ずかしかった。髪の毛の間や背中を急激に汗が流れ落ちる。

「どうしてわたしのせいなの？」膨らませた頬はそのままで、首を傾げている。

写真に撮って携帯電話の待ち受けにしたいくらいかわいい。

「久野ちゃんがトマト投げたせいで、遅刻したんだもん」

「わたしだって遅刻したけど、赤点じゃないもん」話しながら、その場にしゃがむ。

胸の谷間が見えたが、直視してはいけないと判断し、目を逸らす。見たいけれど、見てしまったら話していられなくなる。

「それよりさ、野球やってたの？　投げ方がキレイだったけど」

西澤と仲がいいならば、教えてもらったのかなと思ったけれど、昨日今日ちょっと練習したレベルのフォームではなかった。曲がったのは偶然かもしれないが、握り方も野球を知らない女子とは違った。ピッチャーが下手投げするソフトボールとも違う。

「小学生の時に少しだけね。そうだ、涼ちゃんもこっち来てよ。昼休みの間は一人だから遊ぼうよ」

うまくはぐらかされた気がした。

はぐらかすっていうのは、聞かれたくないことがあるわけで、仙台にいた時に何かあったのかもしれない。今後、この話題は避けた方がいいだろう。

「入っていいの？」

「いいよ、いいよ。こっちから入ると、シャワーとか通らないといけないから、向こうから入って」

言われるまま、グラウンド側の入口とは反対側にある入口に行く。階段を上がり、柵の一部になっている扉を開けてプールサイドに出る。学校のプールに入るのは初めてだ。前は水泳の授業もあったらしいのだが、高校男子が中学女子の授業を教室から囃し立てたせいでなくなったと、元野球部の先輩達が言っていた。

今の高校三年の先輩が中学一年の時に起きた事件だった。中学女子が泣いてしまうとかいう繊細な態度を見せれば事態は変わっていたのかもしれないけれど、高校男子に囃し立てられてノリノリで手を振り返したらしい。風紀が乱れるというはっきりした結論により、翌年からプールは水泳部だけのものになった。

「昼ごはん食べないの？」土足厳禁と書いてあったので、革靴と靴下を脱いで、裸足になる。

熱くなっているプールサイドをペタペタ歩くのが気持ちいい。水深一メートル五十センチと書いてあるのを横目で確認する。

「寝坊して、遅刻しちゃったから」

「よく遅刻するんだね」

「人のこと言えないくせに」

「僕はその上、成績も悪いしね。久野ちゃんは成績いいから、多少の遅刻はどうにかなりそうだもんな」

「成績良くないよ」

「だって、学年五位じゃん」話せば話すほど、拗ねているみたいになってしまう。

「今だけだよ。前の学校が進学校だったから、中学の時に高校の教科書やってたの。期末テストの範囲は授業を受けるの二度目だったから。次はあんなにいい成績とれないと思う」

「進学校って、私立だったの？」

「うん」

「それなのに、引っ越してきたの？　ごめん。そうだよね。事情が事情だもんね。って、ごめん。なんか嫌なこと言って」

「気にしないでいいよ。前みたいに勉強しなくても大学に入れるし、部活に集中できて、友達もたくさんできたし、楽しい」

笑ってくれて、安心した。久野ちゃんが笑っていると、僕は嬉しくて、胸の奥がギュッと痛くなる。

「食べないと午後の練習きつくない？」

「朝ごはんいっぱい食べてきたから。こんなに晴れてる中で、プールを独占できることなんて、なかなかないよ。お腹すいたらおやつ食べるけどね」

話しながら、久野ちゃんはプールサイドに座って、つま先を水につける。僕も隣に座り、ズボンの裾を捲って、つま先を慎重に水につける。期待していたほどの冷たさはなかった。

太陽の光が水面で反射して、足を動かして波を起こすと、光が揺れる。

プールに対するアプローチはこれが精一杯だ。誘ってきたのが久野ちゃんのようなかわいい女子ではなかったら、プールになんて近寄らなかった。僕は泳げない。

まだ幼稚園に通っていた頃、当時高校生だった姉ちゃんと姉ちゃんの友達にプールに連れていってもらった。好きだったアニメの絵柄の浮き輪を買ってもらい、楽しみにしていた。

遊園地にある広いプールで、到着してすぐに迷子になった。迷子センターに来た姉ちゃんに怒鳴られた。僕は今もクラスで三番目に小さいけれど、幼稚園の時は一番前で平均身長よりとても小さかった。浮き輪があっても、大人用の流れるプールは怖い。それなのに、姉ちゃんを怒らせたくなくて、子供用プールに行きたいと言えなかった。遊んでいる姉ちゃん達にどうにかしてついていこうとした。

しかし、混雑している中で、知らない人に押し流されてはぐれてしまった。一人ぼっちになり、何かの拍子に浮き輪が外れた。身体が沈んでいくのを感じながら、輝く水面がキレイだなと思っていた。その後、数分間の記憶はない。憶えているのは、僕の手を握って泣いている姉ちゃんの顔だけだ。

それ以来、水が怖くなった以上に、身体が水に浮かなくなった。

小学校の水泳の授業では、先生が付きっきりで教えてくれたのに、泳ごうとすると身体が沈んだ。人間の身体は浮くようにできているはずだと言われても、納得できないくらい簡単に沈む。

あの日、あのプールで、霊的なものにとり憑かれたのかもしれない。中学を選ぶ時には水泳の授業がない学校を探した。

「泳ぐ?」久野ちゃんは水面を指差す。

「泳がないよ。制服だし」

「涼ちゃんは制服でも泳いじゃうくらいの人だと思ってたのに」

「あのね、映画やドラマじゃないんだから、制服でプールになんて飛び込めないよ。夏用のズボン一本しか持ってないんだから、明日から学校に来れないじゃん。制服が濡れたら、バスにも乗れないじゃん」

泳げるならば、制服でプールに飛び込むくらいのノリは持ち合わせている。でも、ここで沈んで、久野ちゃんに助けてもらうわけにはいかない。人工呼吸という素敵な妄想をしてみても、その前後がかっこ悪すぎる。

「バス通学なの？　自転車じゃないの？」

「今日はバス」

「歩いて帰ればいいじゃん。歩いてるうちに乾くよ」

「無理だよ。歩いてなんて帰れないよ」

「なんか、意外とつまんないんだね」目を細めて僕を見て、プールの中に入る。

トマトを投げる前も同じような表情をしていた。その顔のままで、水泳帽をかぶる。

誰かに似ていると思ったけれど、思い出せなかった。芸能人とか、学校の友達ではなくて、僕自身でもなくて、ずっと前に会った誰かに似ている。

「その顔、やめた方がいいよ。ブスに見える」

「どうせブスだもん」顔を出したまま、平泳ぎで泳いでいく。

「平泳ぎ専門なの？」

「背泳ぎ。かわいい顔を出した方がいいでしょ」

「逆パンダ灼けしてんじゃん」ここで、そうだねと肯定できる男になったら、人生は変わるのだろう。

「逆パンダは水泳部の勲章なの」プールの真ん中で、立ち上がる。「でも、前の学校のプールは屋内だったから、こんな風にはならなかったんだ。それで、気を抜いてたの。気がついた時には、もう遅いって感じ。部活でもクラスでも笑いをとれたからいいけど」

「女子が笑いとりにいくなよ」

「いいの。ああっ、ごめん、前の学校の話とかしない方がいいよね。涼ちゃん、気を遣うよね」

「いいよ。気にしないで、好きなように話して」

「ありがとう」ゴーグルをして、背泳ぎで泳ぎ始める。

平泳ぎのフォームもキレイだったけれど、背泳ぎはもっとキレイだ。指先までしっかりと伸ばし、まっすぐに泳いでいく。

端まで泳ぎ、壁を蹴って沈む。バサロ泳法で僕に向かってくる。ヤバイなと危険を察知して、水につけていた足を上げようとしたが、久野ちゃんの手の方が早かった。右足を摑まれて、プールに引っ張られる。

そんなに強い力ではなかったし、ちょっと驚かせるくらいのつもりだったんだと思う。

しかし、焦った僕はバランスを崩して、プールに滑り落ちた。

足から落ちて、そのまま頭まで沈んでいく。確認しておいた水深を思い出す。一メートル五十センチなんだから、立てるはずだ。そう思っても、ベルトを引かれるように腰の辺りから底に沈む。もがいたら余計に沈むのはわかっているが、上に向かって手を伸ばしても引っ張られる。携帯電話だけがズボンのポケットから出て、浮かび上がっていった。でも、携帯電話は浮かばないだろう。水面を見上げているのか、プールの底を見ているのかわからなくなる。揺れる光だけが見えた。

このまま死ぬかもしれない。人工呼吸とかしてもらえなくていいから、そんな大変な事態になる前に地上に帰りたい。

もう駄目だと思って目をつぶったら、右腕を引き上げられた。二の腕に柔らかいものが当たっている。久野ちゃんの胸だと思っても、息が苦しくてその感触を喜んでいられない。男としての高揚を忘れるほど、全身が萎縮(いしゅく)している。

肩がもげそうなくらい強く腕を引かれて、水面に顔を出す。プールサイドにしがみつき、自分の力で身体を引き上げる。

「大丈夫？」久野ちゃんもプールサイドに上がってきて、僕の隣に座る。

「大丈夫じゃない」

異常に寒くて体育座りをする。置いていたカバンの奥底からティッシュを出して鼻をかむ。鼻に入った水が出なくて、顔面に違和感を覚える。脳みその中まで水が入ってしまったように感じて、頭を叩く。

「泳げないの？」

「うん」

「だって、運動神経いいでしょ？　足だって速いし、二階から飛び下りてたし」

「足、速くないよ。久野ちゃんに追いつけなかったもん」

「わたしは二階から飛び下りれないもん。二階から飛び下りても平気なんて、すごいよね。ビックリしちゃった」

「運動神経はいいよ。運動だけはできるんだよ。でも、泳げないんだよ」

「先に言ってよ」

「言えないよ。かっこ悪いじゃん」

「言えない方がかっこ悪いよ」

「もういいよ。帰る」

このままだと泣いてしまいそうだ。飲んでしまった水も吐き出したい。プールを出て、中庭に行く。

「ごめんね」タオルを持って、久野ちゃんが追いかけてくる。

「ついてくんな！」

今の言い方は感じ悪かったなとすぐに反省したけれど、かっこ悪い姿をこれ以上は見られたくない。

「ごめんね」

声が辛(つら)そうで、惨(みじ)めになった。


中庭の隅にある水道で水を吐いて、うがいをする。久野ちゃんはプールに戻ってしまった。

ワイシャツも下に着ているTシャツもズボンもパンツも全部が濡れている。寒気がおさまらなくて、歯がガチガチ鳴る。着替えないと風邪をひいてしまう。体育用のハーフパンツはロッカーに入っているけれど、Tシャツは昨日持って帰ってしまった。

追試を受けている友達に借りられればいいが、誰かいるだろうか。図書室に青野がいるけれど、体育用のTシャツを四月から一回も洗濯していないのを知っているから、借りたくない。濡れたパンツが張りついてお尻(しり)が冷えていく。

「何やってんだ?」一号館の昇降口から有村先生が出てくる。

「涼ちゃん、どうした?」和尚も一緒に出てきた。

「先生、和尚」二人の姿にまた泣きそうになって堪える。駆け寄ったら、大きくよけられた。

「どうした?」有村先生が言う。「お前、何やってんだよ? いじめられてんのか?」

「違います。プールに落ちました」

「プールって？　どうして、そんなところに入ったんだよ？」

「大丈夫かよ」カバンの中からタオルを出し、和尚は僕の身体を拭いてくれる。

「それ、和尚の汗拭く用じゃないの？」

「予備のキレイなタオルだから」

「ありがとう」

「プールって、久野さんだろ？」

「うん」

「久野さんとは関わらない方がいいって言ったじゃん」

「久野って？　三組の久野か？　涼太と何かあるのか？」おもしろがっているのがわかる高い声で、有村先生が和尚に聞く。

「何もありません」僕が答える。「トマトぶつけたのも、プールに落としたのも久野さんだけど、何もありません」

「久野もあれか、バカ仲間か。あいつ成績はいいのにな」

「仲間じゃないです」タオルで顔を拭いたら、鼻水が伸びた。

「追試終わったんだろ？」

「はい」

「そのまま帰れってわけにもいかないしな。体育着は？」

「ハーフパンツしかありません」

「和田は持ってないのか？」

「ありますけど、サイズが合わないと思います」

和尚のTシャツは僕にはワンピースになってしまう。自転車だったら、それで帰ってもいいけれど、バスには乗りたくない。

「とりあえず、和田のTシャツ着て、三組で待ってろ。先生がどうにかしてやるから」

「はい」

三組の教室に行き、ワイシャツとTシャツとズボンを脱いで、和尚のTシャツを着る。脱いだ制服を和尚がベランダに干してくれた。Tシャツでお尻の下まで隠れるけれど、隣の隣の教室では追試をやっていて女子もいるから、パンツは脱げない。

ベランダに椅子（いす）を出し、パンツに陽が当たるようにして座る。グラウンドに面しているので部活をやっている奴らには丸見えだった。今日はピンクのボクサーパンツだし、女子が言うところの見せパンだと思えばいい。女子の見せパンを男子はしっかりと見ているが、わざわざ男のパンツを見る奴はいないだろう。

和尚に借りたタオルで濡れた髪の毛を拭く。着替えたら、身体も温まってきた。陽当たりがいいし、ズボン以外はすぐに乾きそうだ。鼻が通った感触があり、水が出てきた。

「何しに来たの？」教室の中にいる和尚に聞く。

僕や青野の友達とは思えないくらい和尚は成績がいいから、追試ではないはずだ。

「美術の課題提出。授業時間に終わらなくて、持って帰って家でやるか、放課後残るか、今日やれって言われて。何人か来てるよ」

「そうなんだ。もう終わったの？」僕は家に持って帰り、姉ちゃんにやってもらって提出した。

「うん」

「和尚は夏休みどうするの？」

中学の時、夏休みの野球部の練習には和尚が一番真面目に出ていた。重そうな身体で汗を流しながら、走り込みもしていた。

「夏期講習に行く」

「なんで？　別の大学を受けるの？」

「うちの大学行くと思うけど。医学部行きたいから」

「へえ、そうなんだ」

和尚の家は代々医者なので、考えてみれば当然の話だ。医学部もエスカレーター式に進めるが、一応受ける入試で上位に入る必要がある。

「涼ちゃんはどうすんの？」

「決めてない」

「もう野球部の練習もないもんな」

「うん」

「やめなくても良かったんじゃないの？」

「だって、レギュラーになれないし、練習厳しいし、みんなやめちゃったし」

「補欠に比べたら、涼ちゃんの方がうまいと思うよ。代走とかで出られたかもしれないじゃん」

「代走でしか出られないよ」

　野球部は五十人以上いて、中には僕よりヘタそうな部員もいる。年中球拾いをさせられて、二年になったらマネージャーや応援団に回される。一対一のスポーツではないので、戦力になれるかは別問題だが、球速とか遠投とか足の速さとか、個人的な技量では補欠の部員に負けないと思う。

　公立の中学校に入り、スポーツ推薦で高校や大学に入るという手もあったんじゃないかと、何度か考えた。でも、西澤達のレギュラー組には勝てる気がしないし、今の学校生活は楽しいし、これで良かったんだ。

「ハーフパンツ取ってくる？　ロッカーに入ってんだろ？」

「お願い」パンツも少し乾いてきた。上に穿いても大丈夫そうだ。

「鍵は？」

「開けっ放し」

和尚は教室を出て、八組の教室に行ってくれた。僕は身体が温まりすぎたので、教室の中に戻る。冷房の風の向きに合わせて動き回る。

扉が開き、和尚が戻ってきたか、有村先生が来たんだと思って振り返ったら、水泳部のジャージを着た久野ちゃんが立っていた。

「いた！　どうしてこんなところにいるの？」久野ちゃんが言う。

「和尚を待ってて」パンツを見られてしまわないように机と机の間にしゃがんで隠れる。

「身体は平気？　気持ち悪かったりしない？」僕の隣に来て、しゃがみこんで顔を覗きこんでくる。息がかかるくらいに近い。

「平気。さっきは色々とごめん」

「わたしもごめんね」

「いいよ。気にしないで」

これはこのままキスできちゃうんじゃないか。急にそう思った。この雰囲気でこの距離はキスしていい状況な気がした。

教室には他に誰もいないし、追試中で廊下も誰も通らない。ラブコメ的なまんがだったら、ここで向こうからキスされちゃうシチュエーションだ。

でも、仲良くなったのは昨日で、キスしちゃっていい関係ではない。キスしたのをきっかけに付き合うことだってあるだろう。それはもっと慣れた人の話で、僕にできることではないと思うけれど、久野ちゃんは僕に対する罪悪感で弱気になっているし、キスしちゃってもいいのかもしれない。でも、キスしたら、高まる気持ちを抑えられる自信はない。Tシャツの下はパンツ一丁という大変に危険な状態だ。

どっちにしても、和尚か有村先生が来るかもしれないから、このままの姿勢でいるのはマズイ。

「怒ってる?」

「ううん。久野ちゃんは?　何しに来たの?」

「これ、渡そうと思って」ジャージのポケットから二つ折りの青い携帯電話を出す。水没した僕の携帯電話だ。

「これね」開いてみたが、予想通り使えなくなっていた。液晶に水が入っている。

「ごめん」

「いいよ。新しいの欲しいと思ってたから」

中学一年の時から同じ携帯電話を使っている。メールくらいしか使わないからこれでいいと思っていたが、充電がすぐに切れるようになり、そろそろ買い替えたいと思っていた。夏休みに父が帰ってきた時に相談してみよう。

「何やってんの?」戻ってきた和尚がしゃがんでいる僕達を上から覗きこんでくる。

「何もしてないよ」立ち上がり、ハーフパンツを受け取る。

「何もしてないって言うと、何かしてたみたいだね」久野ちゃんも立ち上がる。

「何かしてたの?」和尚が久野ちゃんに聞く。

「してない」笑いながら、答える。

和尚の横幅はいらないけれど、背の高さは羨ましい。横に立った久野ちゃんは和尚の顔を見上げている。僕にだけ笑ってくれるわけじゃなくて、みんなに笑顔を振りまいているんだと思うと、胸の奥がまた痛くなった。

教室の隅に行き、Tシャツを捲ってハーフパンツを穿く。

「ピンクのボクサーパンツだ。かわいい」僕を指差して、久野ちゃんは大きく口を開けて、声を上げて笑う。

「うるせえよ! 見てんな!」

「かわいい」

「出てけ!」

「じゃあね」笑いながら、手を振って教室を出ていく。

このパンツは二度と穿かないと決めた。明日からは黒とかグレーとかもっと渋い色のパンツを穿こう。

有村先生が保健室で借りてきてくれたTシャツに着替え、濡れた制服はビニール袋に入れて、体育着のまま青野の家に行くことにした。

「和尚も行く？」

三組の教室を出て、昇降口まで階段を下りる。

「どうしようかな」

「用事あるの？」

「ないけど」

「じゃあ、行こうよ」

「うん。行こうかな。購買寄ってもいい？」

「いいよ。じゃあ、図書室に行って、青野呼んでくる。購買で待ってて」

「わかった」

昇降口の前で和尚と別れ、中庭を通って図書室に行く。

「こんにちは」

カウンターに松ちゃんが座っていた。

「こんにちは。追試終わったの？」

「はい」

「ちゃんとできた？」

「まあまあです」

有村先生にバカと言われても、この世の終わりに不気味なプレッシャーをかけられても何も感じないが、松ちゃんに優しく微笑まれると、もう少し勉強しようという気持ちになった。

「プールに落ちたんだって？　有村先生、心配そうにしてたわよ」

「有村先生が来たんですか？」

「涼太がプールに落ちて着替えがないかと思って探してるんですって言ってた」

ヘタな言い訳しやがって。どうりで遅いと思った。保健室に行けばいいと最初からわかっていたくせに、松ちゃんと話すために困っているフリをして図書室に来たのだろう。図書室に着替えなんてあるはずがない。

「松ちゃんは夏休みどうするんですか？」

有村先生の話はしないでおこう。仲良くなるために僕をダシに使うなんて、許せることではなかった。

「学校に来ないといけない日もあるし、旅行に行くくらいかな」

「どこに行くんですか？」

「秘密」

「ふうん。青野って奥にいます？」

「さっきまで閲覧席にいたけど、帰っちゃったよ。有村先生の顔見たら、逃げるように出ていっちゃった」

「ええっ！」

先に帰るなら連絡しろよと思ったが、僕の携帯電話が壊れているんだった。数学の追試が終わって一時間近く経っているし、僕が忘れて帰ったと思ったのかもしれない。

「約束してたの？」

「はい。何か言ってませんでした？」

「何も」

「帰りますね。さようなら」もう少し話したいけれど、購買で和尚が待っている。

「さようなら」

図書室を出る。隣にある野球グラウンドでは野球部が練習していた。県予選直前なのに、練習はいつも以上に厳しそうに見えた。この時間に乾ききったグラウンドに立っているだけでも大変だが、甲子園に出たら、もっときつい環境で試合をする。全校応援に行った時は、応援席で倒れる生徒が何人もいた。

西澤がダッシュしているのが見えて、怪我すればいいのにと願ってしまう。あいつは努力したんだとわかっていても、つまらないとしか思えなくて、不幸が起こることを期待していた。グラウンドの端までダッシュして、急ブレーキをかけるように立ち止まる。

僕に気がつき、手を振ってきた。

「何やってんの？」水を飲みながら、西澤は練習を抜けてグラウンドの外に出てくる。

「図書室に行ってた」

「そうなんだ。どうして体育着なの？」

「お前には関係ねえよ」

「そっか」

いつもの嫌味が出てこない。気持ちが野球に集中しているし、疲れてもいるのだろう。

「練習、大変そうだな」

「ああ、うん」

「じゃあな。友達が待ってるから」

「ちょっと待って。話があるんだよ」

振り返って帰ろうとした僕の腕を西澤が摑む。僕なんかとは比べ物にならないくらいに練習してきた人の手だ。摑む強さや、手の平の硬さで、それがわかった。

「何？」手をはなし、正面に向き直る。

「愛美ちゃんのことだけど」

「何？」

僕は久野ちゃんと呼ぶだけでも精一杯なのに、西澤が愛美ちゃんと呼んでいることを嫌だと感じたが、揉めている場合ではなさそうだ。西澤の顔も声も真剣だった。

「彼女に近づかないでほしい」

「はあっ？」

「顔も合わせないようにしてほしい」

「どうして、お前に言われないといけないの？」

「愛美ちゃんと似てるって言われて調子に乗ってるらしいけど、それが彼女にとってやめてほしいことだってわかるだろ？」

「似てないし、調子に乗ってないし」

「やっと、元気になってきたのに、涼ちゃんのせいで台無しになる気がするんだよ。オレとか、彼女のお母さんやおばあちゃんとおじいちゃんが支えてきて、今みたいに笑えるようになったんだから、ヘタなことをしないでほしい。涼ちゃん見てるとさ、色々と思い出させちゃいそうで怖いんだよ」

「あのさ、ごめん。言ってる意味がわからない」

西澤の話していることが途中から全く理解できなくなった。久野ちゃんを好きで邪魔されたくないんだと思ったが、そういうわけではないみたいだ。被災した後に比べれば元気になったという話でもないだろう。それならば、僕には関係ない。

「愛美ちゃんの話、知ってるだろ？」

「被災したってやつ？」

「それもあるけど、でも愛美ちゃんの家は仙台駅の近くだから、大きな被害には遭ってない。それじゃない方だよ」

「それじゃない方？」

「とぼけんなよ。涼ちゃんだって、中学野球やってたんだから、愛美ちゃんの弟のこと知ってんだろ？　リトルリーグで試合したことだってあるんだし」

何かを思い出しそうになったけれど、記憶の断片が見えただけで、奥に引っこんでしまった。

久野ちゃんの弟と試合したことがあるとしても、リトルリーグの対戦相手なんて憶えていない。弟ということは一歳か二歳下だろう。それより下の学年と試合したことはなかった。何度も試合したチームには仲良くなった友達もいた。しかし、同じ学年の友達が多くて、年下で思い出せるのは所属していたチームの後輩だけだ。しかも宮城県のチームとなると、心当たりが全くない。

「駄目だ。全然わからない」

「とにかく、愛美ちゃんには近付くな」

「どうせ夏休みだし、もう会わねえよ」

まだ何か言いたそうにしている西澤から走って逃げる。

久野ちゃんに何があったか気になるが、これ以上聞かない方がいい気がした。被災したのも嘘ではないけれど、引っ越してきた理由が他にもある。

学校に来るのは今週末までだ。来週は終業式しかない。

夏休み前に築いた関係なんて、二学期が始まる頃には変わってしまう。仲がいい友達でも久しぶりに会った時には微妙なズレを感じる。昨日や今日みたいに久野ちゃんと話すことは、きっとなくなる。


青野の家は駅前で本屋をやっている。駅の反対側に出て、バスターミナルの向こう側に青野書店の看板が見える。

ビルの一階に店があり、二階から四階はマッサージ屋や事務所が入っていて、五階と六階は青野の家族が住む家になっている。ビルのオーナーは青野のじいちゃんだ。駅の周りに他にも二つビルを持っている。

三月十一日の地震の時には六階にある青野の部屋にいた。ビルごと大きく揺れて、本棚に入っていたまんがやゲームソフトが落ちてきた。店の本は棚につまっていたおかげであまり落ちなかったが、平積みされている雑誌やまんがは落ちて何冊か駄目になってしまった。

五階には裏のエレベーターで行くのだけれど、先に本屋に寄る。

「いらっしゃいませ。って、お前かよ」

レジにはアルバイトの櫻井(さくらい)君がいた。読んでいた雑誌を置き、大袈裟なくらい嫌そうな顔をする。

前は色が白くて細かったので、もやしと呼んでいた。去年くらいから急に太り、普通の人サイズになったため、櫻井君と呼ぶように変えた。櫻井君はうちの姉ちゃんと同い年だ。

「青野は？」

「一緒じゃないの？」

「一緒じゃないから聞いてんだろ」

「五階に行ってみろよ」

「櫻井君さ、僕がここに来た意味はわかるよね？」

「エロ本なら、売らないよ」

「エロ本なんか必要ないよ。今は携帯電話やパソコンでいくらでもエロ画像やエロ動画が見られるんだよ。櫻井君達が高校生の時とは時代が違うんだよ」

「エロ本にはエロ本の魅力があるんだよ」

「現代っ子は根がサイバー化されているから、紙の雑誌はどうも苦手でね」

こんな話をしていても平気なくらい店には客がいない。駅とバスターミナルを目の前にした好立地のくせに、いつも暇そうにしている。

店構えはキレイだし、品揃えは充分だ。話題になっている小説やまんががレジ周りに積まれている。敵になるような店も近くにはない。でも、店員に活気がないんだ。店番は青野のお父さんとお母さんと櫻井君が交替でやっている。三人とも、雑誌を読んでいたりして客が入ってきても気づかない時さえあった。

「姉ちゃんとパソコン共用してんじゃないの？」櫻井君が言う。

「その話したっけ？」

「してなきゃ、知らないよ」

「そうだね」

パソコンは共用ではなくて、使う時だけ姉ちゃんに頼みこんで借りる。何に使うか申告させられるので、エロ画像やエロ動画なんて見られない。携帯電話は壊れてしまったし、今日からどうやってエロ関係の資料を集めよう。サイバー化なんて少しもされていなかった。そんな情けない話を櫻井君にした憶えはなかったが、青野や他の友達もいる時に話したのかもしれない。

僕と櫻井君が話している間に、一緒に来た和尚は奥にある参考書コーナーに行く。

「それより、どうして体育着なんだよ？」

「説明し飽きたから、聞かないでくれる？」

学校から歩いてくる間にパンツは乾いた。しかし、ビニール袋に入れた制服からは変なにおいがするようになっていた。

「ああ、そう。それで何しに来たの？」

「これをさ、教えてほしいんだけど」カバンから3DSを出して渡す。

久しぶりにモンスターハンターを始めてみたのだけれど、やり方を思い出せないところがあった。櫻井君はうちの姉ちゃんほどではなくてもオタクで、まんがやゲームに詳しい。ゲームに関しては、僕や青野や姉ちゃんよりもうまくて、なんでも教えてくれる。

「ここはさ、先にこれを手に入れて、これを調合して、そうしたらこれになるから」説明しながら、ドンドン先に進めてしまう。

「ちょっと待って、どれとどれを調合すんの？」

「これとこれ。なくても行けると思うけど、あった方が便利だし、早く捕獲できるよ」

「なるほど。ありがとう」

3DSを返してもらい、自分でもやってみる。

「あら、おかえり」店の奥にある事務室から青野のお母さんが出てくる。

毎日のように遊びにきているせいか、おかえりと言われるようになっていた。

「ただいま。おばちゃん、これって洗濯できる？」制服が入ったビニール袋を渡す。

ビルの屋上で干して、乾かすだけ乾かして家で洗濯しようと思っていたが、においが気になるし、皺くちゃになっている。このままでは母に怒られ、姉ちゃんに笑われる。

「このにおいは薬品っぽいな。プールだ、プールに落ちたんでしょ」

「さすが、おばちゃん、正解」

　青野のお母さんは僕が何をしても、今更驚いたりしない。

「裏のクリーニング屋さんに出して、夕方にはできるようにしておいてあげるから、上で遊んでなさい」

「ありがとうございます。上に行こう」参考書を見ている和尚に声をかける。

「うん」

　エレベーターで五階まで行き、インターフォンを押して、返事は待たずに玄関のドアを開ける。目の前の階段を上がり、六階の青野の部屋に行く。両親の部屋は五階にあり、六階には青野と妹の部屋しかない。青野のお父さんとお母さんは店に出ているか、近所の人とお茶やお酒を飲みに行っているか、草野球の練習に行っていて、家にはいないことが多い。広い部屋にはテレビもパソコンもゲーム機も揃っているし、近所にコンビニやファストフード店もある。溜まり場として必要な条件が全て揃っていた。

「ただいま」

「おかえり」

青野はベッドに寝て、３ＤＳをやっていた。

「モンハンやってんの？」

「うん」

「僕もまた始めた」

「和尚も来たんだ？」

「うん」カバンを置いて、和尚はテーブルの前に座る。

僕はベッドに寄りかかって座る。この部屋での定位置だ。

「汗かきすぎじゃね？　部屋の温度が一気に上がった気がする」青野は和尚に向かって、からかうように言う。

「うるせえよ」

顔は笑っているけれど、和尚が太っていることをからかうのはやめてほしいと感じているのは、なんとなくわかる。

僕は女装して笑いはとっても、チビと言われるのはむかつく。青野には言わないけれど、本人にはどうしようもない身体的な特徴をからかうべきではないと思っていた。女装が似合うのも身体的な特徴といえば特徴だが、かわいいと評判だし、女子に褒められるのは快感でもあった。太っているのは痩せればいいと思っても、性格や習慣から変えないといけなくて、簡単なことではないだろう。

「それよりさ、どうして先に帰ったの？」青野に聞く。

「メールしたよ」

「壊れた」ハーフパンツのポケットから携帯電話を出す。開こうとしたら、中に入っていた水が絨毯（じゅうたん）の上にこぼれ落ちた。

本棚に置いてあるティッシュを一枚出して拭きとる。ティッシュ箱の後ろにカラフルな箱があるのが見えた。コンドームだとわかったが、動揺しないようにして話題としても触れないでおいた。

「どうすんの？　機種変更してきなよ」携帯電話を手に取り、青野は電源を入れようとする。

「夏休みにお父さんが帰ってきた時に頼んでみる」

「いつ帰ってくんの？」

「わかんない。八月には帰ってくると思う」

「それまで連絡取れないじゃん」

「どうせ、あんまり使わないし。誕生日に３ＤＳとソフト買ってもらったばっかりで頼みにくいし」

僕の誕生日は七月三日だ。青野にも望月にも先を越され、ずっと欲しいと思っていた３ＤＳとソフトを誕生日プレゼントに先週やっと買ってもらったばかりだ。それまでは、ちに電話して、買い与えていいか相談していた。母や姉ちゃんは好き勝手にDVDを買ったり、旅行に行ったりしているくせに、僕に高いものを買う時には父の承諾が必要になる。誕生日から一週間しか経っていないのに、携帯電話を機種変更したいと言ったら、自分で電話しろと言われるだろう。

サマータイムもあって向こうが何時なのか計算できないし、何をしているかもわからなくて、こっちから電話するのは気まずい。帰ってきた時に散歩に行こうとか言われるだろうから、その時に頼む。

「乾かしたら使えるって誰か言ってたよ」和尚が言う。

「そうなの？」

「電源は入るようになるって。データも復活するらしいよ」

「そうなんだ。でも、長くは使えなさそうだしな」

「ちょっと、乾かしてみようよ」青野は部屋を出て、五階にある洗面所からドライヤーを持って戻ってくる。

テーブルの上に携帯電話を置き、ドライヤーの風を当てる。三人で囲んで、どうなるか見つめる。

「これ、溶けたりしないの？」僕が言う。

「溶けないだろ」青野が言う。

「そんなに熱に弱くはないでしょ」和尚が言う。「バッテリーの故障で熱を持ってニュースになったことはあるけど、携帯自体が溶けたなんて聞いたことないもん」

「そっか」

和尚は僕や青野とは違って理系科目が得意だ。言っていることに説得力がある。

携帯電話がピーッと鳴り、三人とも飛び退く。三年以上使っていて、こんな音は聞いたことがない。

「痛っ」和尚は後ろにあるCDの棚に背中を打ちつける。

「鈍いな。太ってるからだよ」落ちたCDを青野が拾う。

「ごめん」

「勉強できても、それじゃあな。うちの学校じゃ、勉強できても意味ないし」

和尚は医学部志望なことを青野には言ってないんだ。言う機会がなかったわけじゃなくて、言わないようにしていると感じた。

「あっ！　電源が入ってる」

携帯電話を開いたら、液晶が復活していた。水は完全には抜けていなくて、真ん中に線が入っていた。でも、アドレス帳は見られるし、この状態を保てれば、データの移行はできる。

「良かったじゃん」和尚が言う。

「すぐに機種変更してこいよ」青野は拾ったCDをテーブルの上に置く。

「今は無理だって」

話しながら、また何かが記憶を引っ張った。小学生の時も塾やリトルリーグの練習で遅くなった時のために、携帯電話を持たされていた。電話番号やメールアドレスを交換し合い、今の携帯電話にもデータを移行した。でも、中学一年生の終わりに、私立中学の受験に失敗した塾の友達や、遠くに住むリトルリーグの友達は連絡することもないだろうと思い、データを消してしまった。

久野ちゃんの弟と試合したことがあるならば、連絡先がその消してしまったデータの中に入っていたのかもしれない。しかし、思い出そうとしても、ぼんやりした映像しか浮かんでこなかった。

さっき西澤に言われた久野ちゃんに関することは、和尚に聞いたら、何か知っているんじゃないかと思う。久野ちゃんがちょっと変わった子だからって、関わらない方がいいと言うような心が狭い男ではない。聞いたら教えてくれると思うけれど、青野の前では話さない方がいいだろう。

五階でインターフォンが鳴る。誰か友達が来たんだと思ったが、しばらく待っても上がってこなくて、またインターフォンが鳴る。

「誰か来たんじゃないの？」和尚が青野に聞く。

「うん。どうしようかな」口を尖らせ、青野は口ごもる。

何か隠し事をしているんだ。携帯電話が使えるか確認しながら、青野から送られてきたメールを読む。〈うちに来てもいいけど、三時前には帰ってもらっていい？〉と書いてあった。時計を見ると、ちょうど三時になったところだった。

「今日、結ちゃんは？」僕が聞く。

結ちゃんは小学校六年生の青野の妹だ。いつもだったら、小学校から帰ってきている時間だ。

「午前中で授業が終わって、友達の家に遊びに行った。もうすぐ夏休みだから、今週は給食ないんだって。それでランチ会やるって。子供が何言ってんだよって感じだよな」

「そうなんだ。玄関見てくるよ」

「待て、お前は行くな」

止めようと手を伸ばしてきたのを振り切り、五階に下りて玄関のドアを開ける。

思った通り望月が立っていた。驚いているのとヤバイと思っているのが入り混じった表情で固まっている。望月は成績がいいわけじゃなくても、赤点をとるほどではない。今日は学校に行ってないから、私服だった。ヒラヒラしたノースリーブのシャツにヒラヒラしたミニスカートを穿いている。足もとは生足でサンダルを履いていた。

「いらっしゃい」

「何してんの？」

「望月こそ、何しに来たの？」

「言いたくない」カゴバッグを握りしめ、下を向く。

「まあ、上がりなよ」

「帰る」

「僕も和尚もすぐに帰るから」

「あんた、なんで体育着なのよ！」顔を上げて睨んでくる。

「その話は後でするから」

望月の腕を引いて、家に上げる。階段を上がっている間に、僕の手を摑んできた。引き剝がして逃げるのかと思ったが、青野の部屋に入るまで摑んだままだった。

「望月、来たよ」部屋に入ると、手がはなれた。

青野はベッドの上、和尚はテーブルの前の定位置に戻っていた。

「いらっしゃい」青野はぎこちなく望月に手を振る。

部屋に来たのは今日が初めてなのかもしれない。僕もベッドの前の定位置に座る。望月は僕の隣に座り、ぴったりと寄り添ってきた。

「近いよ」

「だって」眉間に皺を寄せている。顔面だけではなくて、全身に力が入っている。

気を利かせてすぐに帰ろうと思っていたけれど、もう少しいた方がいいのだろうか。青野を見ると、帰れと言いたそうに、顎でドアを指していた。

結ちゃんは五時には帰ってくるだろうから、あと二時間ある。セックスの所要時間が実際にどれくらいかはわからないが、初めてのことだし、できるだけ長く時間がほしいところだろう。最初からうまくいくわけじゃなくて、予想以上に時間がかかるとも聞く。これからという時に結ちゃんが帰ってきてしまっては、気まずすぎて次戦の日程も決められなくなる。

しかし、望月はその気があるから短いスカートで来たんだと思ったが、その気なんてなさそうに僕にくっついている。僕のTシャツの袖を破れそうになるくらい強く握っていた。

このTシャツは借り物で、洗濯して保健室に返さないといけないので、伸びてしまったら困る。ただでさえ世話になっている保健室の先生に謝らなければいけなくなる。はなせよと言いたかったが、そのままにしておいた。位置的に見えないのか、青野は望月がどうしているか気がついていなさそうだった。

「涼ちゃん、帰ろう」カバンを持って、和尚は立ち上がる。

「悪いな。何も出さないで」青野が言う。

「いつも出さないじゃん」僕は望月の手を持って、そうっとシャツからはなす。

何か言いたそうな目で僕を見ていたけれど、青野と望月は付き合っているのだし、この先は二人で決めることだろう。望月が不安だと言えば、青野だって無理矢理やろうとはしないはずだ。

「じゃあな」

「じゃあな」

和尚と二人で青野の部屋を出て、五階に下りる。

「制服、どうしよう」玄関で思い出す。

クリーニングに出してもらった制服はまだ戻ってないだろう。

「明日の朝、学校行く前に寄れば。それか、後でとりに行けば」

「夜、自転車でとりに行こう」

「ここにいるのはお邪魔虫ってやつだからな」

「そうだよな。お邪魔虫って、こういうことを言うんだろうな」

玄関を出て、エレベーターを待つ。まだ太陽が空の高いところに残っている。夜になったら、少しは涼しくなるだろうか。

「待って。わたしも帰る」玄関が開き、望月が走って出てきた。

「ええっ！」

「帰る。帰る」僕の腕にしがみついてくる。

ヒールがあるサンダルを履いているから、いつもは頭半分下にある望月の顔が僕と同じ高さになっていた。二の腕に胸が当たる高さだ。今日二度目の感触だった。久野ちゃんのが触れた時は命の危険が優先されたのに、望月なんかに欲情してしまう。ハーフパンツは薄いので、前屈み（まえかが）になってごまかす。

「いいの？　帰って」和尚が望月に聞く。

「うん。帰る」

玄関を振り返ってみても、青野が追ってくる気配はなかった。この数秒の間に何が起こったんだろう。エレベーターが来て、望月も乗る。エレベーターが下降するふわりとした感じも欲情を高める。

「じゃあ、電車だから」和尚が言う。

「じゃあな」

一階まで下りて、本屋の前で電車通学の和尚と別れる。僕と望月の家は近いから、同じバスだ。少し落ち着いたのか、望月は僕から離れる。僕も心と身体を落ち着かせる。

「どうした？」店の前で雑誌の整理をしていた櫻井君が声をかけてきた。「もう帰るのか？　早いな」

「うるせえよ！」

「珍しいな、女の子の友達が来るの」ニヤニヤと笑い、望月を見ている。「かわいいな。

本物の女子高生は」

「黙っててくれない？」

「ごめん」

いつものタメ口でバカにし合う戯(たわむ)れとは違うとわかってくれたのか、櫻井君は店の中に入っていく。

「どうする？　帰る？」

望月は、無言のまま小さく頷いた。

いつもはうちの学校の生徒が並んでいるバス停も、今日はすいていた。ベンチに座ってバスを待つ。

「青野とやらないの？」

「そういう言い方しないでよ」望月は僕の二の腕をグーで殴る。

さっきまでおとなしそうな顔して下を向いていたくせに、急に元気になった。せっかくの柔らかい感触を忘れてしまうくらいの鈍い痛みが響く。久野ちゃんの胸の感触を帰ったら思い出そうと決めていたのに、もう無理かもしれない。

「痛いよ」

「帰れると思ったら、気が楽になってきた」

「それは良かったね」

「ありがとうね」目を見て言われたが、心がこもっていない。

「やっちゃえばいいじゃん。減るもんじゃないんだし」

「あんたにはわかんないでしょ」また殴られる。

今ので完璧に忘れた。今日は二回も幸運が起きてしまったし、女の子の胸に触れられる機会なんて、次はいつ訪れてくれるんだろう。

「青野のこと好きなんでしょ？　やっちゃえばいいんじゃないの？　どうすんの？　別れんの？　気まずいんじゃないの？　青野、もてるよ。すぐ他に彼女できるよ」

「まだ殴られたいの？」拳を構えている。

「ごめんなさい。もう言いません」

「やろうと思ってたけどさ」

「キスはしたんでしょ？」

「したけどさ」

「舌入れた？」

「やっぱり、殴ろうか？」

「だって、やってんのはそっちじゃん。やってるくせに純粋ぶるのはどうかと思うな。僕なんて、心も身体もキレイなもんだよ。今のやるはセックスじゃなくて、キスのことだからな」

「河村さんとはキスもしなかったの？」

望月も小学生の時に同じ塾に通っていたから、僕と河村さんの関係を知っている。僕は言わなかったが、他の友達から話が回ってきたらしい。望月と河村さんはタイプが違い、塾の時も仲良くはしていなかった。前にはっきりとああいう女は苦手だと、望月は言っていた。

「してない。手も繋いでないもん」

手を繋ぎたかったし、キスもしたかったが、何もできなかった。二回デートして、三回目がチャンスと思っていたのに、それより前にふられた。今思えば、僕がそういうオーラを出しすぎていたのかもしれない。

「さっさと彼女くらい作れば。心も身体もキレイって気持ち悪いよ。キスぐらいしなさいよ」

「自分だって、最近までしたことなかったんだろ」

「それはどうかな」

「あるの？　誰と？　僕が知ってる相手？　っていうかさ、望月の周りに僕が知らない男とかいないもんね。あるんだったら、男の方から僕に報告があると思うよ」

「残念。わたし達はいつまでも幼稚園児や小学生のままではないの。涼太の知らない世界がわたしの周りにも広がってるの」

「そういえばさ、今年の終わりに世界は崩壊するんだよ」この世の終わりから手に入れた知識を披露する。

世界という言葉が出て、思い出した。でも、僕達の周りに広がっているのは、世界なんていう広くて大きなものではない。この世と指差せるくらい小さなものだ。

「ああ、そう」

「それで青野の前に誰とキスしたの？」反応が悪かったので、話題を戻す。

「してないよ。見栄(みえ)張っただけ」

「なんだ」

「青野は初めてじゃなかったんだよね」

「そんなん、誰でも知ってるよ。でも、セックスは初めてだから安心しなって」

「青野ってさ、わたし以外に本気で好きな人がいるんじゃないかな？」

「はい？」

「告白してきたのは青野だけど、そんなに好かれてない気がする。やるために付き合ってるとは言わないけど、他に本命がいるんじゃないかな」

「そのどっちかならば、やるための方が強いって。そんな本気で女を好きになれる男じゃないし」

「それも困るけど」

「そうだね。でも、真面目に言えば、望月のことを軽く考えてるっていうのはありえないよ。そんなことは僕がさせない。他の女子はわからないけど、望月は僕の幼なじみで、青野はそれをわかってるんだから」

「ありがとう」僕から目を逸らして言う。今のは心がこもっていた。

バスが来て、一番後ろの席に座る。僕が窓側に座り、望月は隣に座った。発車時間まで三分待ち、走り出す。

「富君って、まだ学校に来てないの？」望月が言う。

「うん」

僕と望月と富君は、中学二年と三年の時に同じクラスだった。望月もたまに富君と話していた。

富君はふっくらした頬がピンク色で、小さな子供みたいな顔をしていた。おとなしかったけれど、暗さはなくて、いつもニコニコ笑っていた。ドイツで育ったからか、自然にレディファーストができて、女子に優しい。女子だけじゃなくて男子にも優しかったので、いやらしい感じはしなかった。よく話している女子が何人かいた。

「このまま、やめちゃうのかな？」

「どうだろう。一緒に二年になるのは厳しいんじゃないの？」

「そっか」

富君も僕達と同じバスで学校に通っていた。

バスは途中で富君の家の前を通る。二階のバス通りに面した部屋が富君の部屋だ。何度か遊びにいったことがある。帰る時、玄関で別れてすぐに部屋へ戻り、大きく開けた窓から顔を出して手を振ってくれていた。

学校に来なくなったゴールデンウィーク以降、窓もカーテンも閉まったままだ。

数学の追試で不合格になったのは、僕だけだった。合格点が六十点で、五十八点だった。

有村先生にお前だけだぞと言われ、クラスでですか？　と聞いたら、学年でだと返された。二点くらいおまけしてくれれば良かったのにと言ったら、おまけしてその点数だと返された。採点ミスとかないんですか？　と言ったら、ない！　と即答された。

帰りのホームルームでやり取りをしている間、クラス中に笑われていた。掃除当番が終わったら職員室に来るように呼び出しがかかった。

「失礼します」ノックして、職員室の扉を開ける。

「掃除、終わったのか？」

奥の席に座っている有村先生は、机の上に積んだ教科書や参考書の山の間に顔を出す。

「終わりました」中に入り、先生の席まで行く。

今週は一階の物理室を掃除する当番だ。当番は席順で縦の列で班を作っている。富君がいないので、うちの班は常に一人足りない。一人一人の負担が少しずつ重くなる。僕は掃除なんて適当にやる派なのに、ちゃんとやらないといけない空気がうちの班にはあった。班に仲がいい友達もいなくて、真面目に掃除をしている。富君がいた時は、二人で一緒に物理室へ行き、掃除中に話したりしていた。

「答案用紙持ってきたか？」

「はい」

ズボンの後ろポケットに入れておいた答案用紙を出す。二度と見たくないと思い、できるだけ小さく折りたたんだ。広げて机の上に置く。

「それ持ってきて、ここに座れ」先生は壁に立てかけてあるパイプ椅子を指差す。

椅子を開き、先生の横に座る。斜め前にこの世の終わりが座っていて、有村先生と僕を見ていた。化学の追試はまだ返ってきていない。視線が気になってしょうがなかったが、見ないようにして答案用紙に目を向ける。

「課題って、なんですか？」有村先生に聞く。

「どうする？」

「どうするって、どういうことですか？」

「他にも何人かいたら、テスト範囲の問題集を解かせようと思ってたんだけど、涼太だけだからさ」腕を組んで、首を傾げる。首すじが鳴った。「涼太の場合は数学じゃなくて、算数ができてないんだよな。この問題も解き方はあってるのに、計算が間違ってんだよ。これ、間違ってるって気がつくだろ」

「はい」

割り算で、小数点以下が十桁もつづいている。計算した時は永遠につづいてしまいそうになり、勝手に切り上げた。おかしいとは思ったが、残り時間が少なくなってそのまま出した。

「どうするかなあ」

「できないもんはできません」

「そう言うなよ。現国とか体育とかできることを頑張るのはすごくいいことだと思うけど、できないことを頑張るのも大切だぞ」

「わかってますけど」

わかってはいるけれど、できないことはどうしてもできないし、なるべくやりたくない。

「課題どうしようか？　川向こうの林に蟬でも捕まえに行くか？」

「なんのために、そんなことするんですか？」

「何匹捕まえたとか、二匹のグループが三組いて合計で何匹とか、数字を体感するためだよ」

「嫌です」

「このまま赤点とりつづけるのも辛いだろ？」

「そうですねえ」

　赤点とっても進級できるならいいやと思っていたけれど、期末テストの度に必ず追試を受けるのは確かに辛い。

「とりあえず、九九だよな」

「富君って、どうなるんですか？」

　欠席して赤点扱いならば、追試を受けていないのだから不合格になるのだろう。

「富永は、他の先生と相談。って、ところだな」組んでいた腕をほどき、手を口元に当てる。

　嘘をついたり、はっきり言いたくないことがある時、人は口を隠して話すらしい。前にテレビで言っていた。

　生徒に聞かれても教えられない、でもこれ以上は黙っていられないというところまで、話が進んでいるのかもしれない。

　真ん中にあるはずの机がなくなり、空洞ができている教室の景色が胸に浮かんだ。今は想像でも、二学期が始まる時には現実になっているような気がした。

「先生は富君の家に行ったりしてるんですか？」

「一応な。富永は会ってくれないけど」

「そうなんですか？」

「お母さんと会って話すだけだ」

富君のお母さんはキレイだ。うちの母や望月ママや青野のお母さんとは違うと、初めて遊びにいった時に衝撃を受けた。急に遊びにいっても、部屋着姿で出てくるなんてことはない。家の中は常に掃除が行き届いていて、玄関には花が飾ってある。おやつには手作りのケーキや外国製のクッキーを出してくれた。紅茶もオレンジジュースもうちで飲むものとは味が違った。

「僕、会いにいってみようかなと思っているんですけど、やめた方がいいですか？」

前から考えてはいたが、青野や和尚が一緒に行ってくれるとは思えなくて、行動に移せずにいた。富君は和尚とはたまに話していたけれど、青野とはお互いに苦手そうにしていた。青野達と一緒にいると、僕と二人の時みたいには話してくれなかった。少し離れて立ち、みんなの話を聞いていた。

昨日、望月と話し、誰か女子を誘えば行ってくれる人がいるかもしれないと思えた。とは言っても、誘えるような女子は望月だけだ。

「やめた方がいいですか？」何も答えてもらえなかったので、もう一度聞く。

「いや、いいと思うぞ。涼太は仲良くしてたし、行ってみてくれるか?」口元を隠していた手をはなし、嬉しそうに顔を輝かせる。

こんなに喜ばれてしまったら、やっぱり行きませんとは言えない。

「夏休みに入っちゃうし、いつ行けるかはわからないんですけど」

「涼太が行ける時でいいと思うぞ。先生も一緒に行くか? でも、いない方が話ができるかもしれないな」

「最初は僕と誰か誘って行ってみます」

「行く前には、先生に教えてくれよ」

「はい」

「課題は考えておくから。富永のこともあるし、夏休み前にまた面談しよう」

「それは嫌です」本音をこぼしてしまう。

「問題集一冊全部やらせるぞ」

「面談します。自分の今後を真剣に考えます」シリアスを装う。

「そうか。楽しみにしてる」

何もボケてないのに、先生は手を叩いて笑う。僕が真剣に考えるのが、そんなにおかしいのか。

「今日はこれで帰っていいですか?」

「寄り道しないで帰るんだぞ」

「はい。失礼します」パイプ椅子を元に戻し、シリアスなまま礼をする。

「中原君、ちょっと」

職員室を出ようとしたところで、この世の終わりに呼び止められた。

「なんですか?」開きかけた扉を閉めて、戻る。

「富永君のお家に行くんですか?」

「はい」

「何かあったら、教えてくださいね」

「はい」

この世の終わりは中学三年生の時に僕と富君の担任だった。富君のことを気にかけてなんかいないと思っていたが、教師らしい面もあるんだ。

「あと、追試を返しますよ」机の引き出しを開ける。

「課題ですか?」

「何を言ってるんですか? 追試を受けた中では一番でしたよ」

渡された答案用紙に大きく八十点と書いてあり、叫びそうになった。選択問題が全て正解していた。間違っているのは最後の計算問題だけだ。

「採点ミスじゃ、ないんですか?」

「ちゃんと合ってますよ。数学も惜しかったみたいですし、よく頑張りましたね」

そんな風に褒められてしまったら、あだ名で呼んでいるのが悪い気がしてきてしまう。何も頑張ってなんかいなくて、泣きながら謝りたいような気持ちになった。


職員室から廊下に出て、暗いなと感じた。

扉を閉めて立ち止まり、廊下を見回す。

震災後、節電のために中学校舎も高校校舎も、教室がない階の廊下は蛍光灯が何本か抜かれた。その頃ほど節電しなくていいはずなのに、今も抜かれたままになっている。授業の間の休み時間や昼休みに通る時は窓から陽が射していて、ほとんど気にならない。でも、放課後になって陽が傾くと、薄暗くなる。理科実験室と視聴覚室と昇降口しかない一階も、音楽室と美術室しかない五階も薄暗い。学校だけではなくて、駅やバスターミナルや商店街も震災前より少し暗くなったままだ。

掲示板に貼ってあるポスターの画鋲（がびょう）が一つ外れて、剝がれそうになっている。白い裏面が出て、浮き上がっているように見えた。ポスターの前まで行き、画鋲を留め直す。

市立美術館のお知らせのポスターだ。フランスの美術館に所蔵されている絵が日本初上陸と大きく書いてある。展示期間は四月後半から八月の終わりまで。美術室にも同じポスターが貼ってある。

ゴールデンウィークの最終日、僕と富君はこれを見にいった。連休に入る前の美術の時間に富君はポスターを見て、これ見にいきたいんだと話していた。今年は五月六日が日曜日で、ゴールデンウィークの後半は四連休だった。僕は青野達と商店街の草野球の試合に参加するだけしか予定がなかった。絵に興味はないけれど、家でゲームしているよりもマシに思える。一緒に行こうよと誘ったら、富君は大きく頷いた。美術の先生がチラシと割引券をくれた。

駅前で待ち合わせと約束したのに、同じバスに乗った。二人掛けの席で寝ていたら、いつの間にか隣に富君が座っていた。バス停を二つ通りすぎる間、僕は気がつかずに眠ったままだった。起きたら隣にいた。驚いている僕を見て、富君は小さく笑い声を上げた。

展覧会は始まったばかりで、休日だったのもあり、美術館の中へ入るまでに三十分くらい並んだ。その日は、昼過ぎに大きく天気が崩れたのだが、僕達が美術館にいた頃はまだ晴れていた。のぼせるような南風が強く吹く。前に並んでいたのは親子連れで、小さな女の子はジュース飲みたいとぐずった。

並んでいる間、富君はフランスの美術館に行った時のことを話していた。ドイツに住んでいた時には、長い休みに必ずヨーロッパのどこかの国に旅行したらしい。相槌を打ちながら話を聞いていたけれど、出てくる画家の名前は誰もわからなかった。途中から外国語を聞いているような気分になり、暑いし早く帰りたいなと思っていた。ヨーロッパでの生活の話をされても嫌味とは思わなかったし、話し方がうまいのでおもしろいなと感じた。でも、内容が高尚すぎてついていけないとも感じていた。

　美術館の中も混んでいて、展覧会の目玉とされている絵の前には人だかりができている。なかなか前に進めなかった。背伸びしながら覗きこむようにして見ただけでも、富君は感動して泣きそうと言っていた。絵を目の前にして、実際に涙を落とした。

　駅に戻る途中のファミリーレストランで、昼ごはんを食べた。富君はトマトソースがかかったイタリアンハンバーグを食べながら、その日見た画家の生涯について語った。僕はチーズ入りハンバーグを食べながら、ウェイトレスのお姉さんがお辞儀するとパンツ見えそうになるなと考えていた。

　次の日、富君は学校に来なかった。風邪で休みと先生は言った。美術館ではそんな風には見えなかったけれど、人が多くて暑かったから疲れたのかもしれないと思っていた。

　二日経ち、三日経ち、そのうちに有村先生は何も言わなくなる。誰も何も聞かず、教室の真ん中であいている机を黙って見つめた。

　最初は、僕が知らないところでいじめられていたのかもしれないとか、美術館に行った時に僕に話したいことがあったのかもしれないと考えた。噂はいくつも回ってくる。内部生が噂している中には自分も参加するくせに、よく知らない外部生が噂しているのを見ると許せないと思った。何日経っても、原因は特定されなかった。

僕と同じように富君に接していた奴は他に何人もいた。仲良く話しながら、内心では理解できないと考えている。富君はそのことに気がついたのかもしれない。

一階に下りて、昇降口に行く。いつも以上に暗いと思ったら、下駄箱の上の蛍光灯が切れそうになっていた。消える寸前の光が身体を震わすように揺れている。

下駄箱から革靴を出して、上履きを入れる。

掃除が終わってから時間が経ち、みんな部活に出ているか、帰ったようだ。昇降口には僕しかいない。革靴を落とした音が大きく響く。

外に出る前にカバンの中からスマートフォンで、僕の携帯電話を出して、電話がかかってきていないか確認する。青野のスマートフォンは家で安静にしている。

使い方がよくわからないが、画面に着信ありという表示がないので、かかってきていないのだろう。

持ち主である青野は、美術室で課題をやっている。今日の朝までが提出期限だったのに出していなくて、美術の先生からこのままだと成績表に1をつけると通達がきた。手伝ってと泣きつかれたけれど、図書室で待っていると断った。

終わったら誰かに携帯借りて電話すると言って、スマートフォンを渡された。メールは絶対に見るなと念押しされた。電話は家からしか、かかってこないらしい。望月からかかってこないの？　と聞いたら、かかってこないと小さな声で言っていた。更に小さな声で、メールも来ないと言っていた。今日の朝、青野が普通に話しかけてきたから、昨日は望月と何があったの？　とは聞かなかった。

誰か女とメールのやり取りをしていないか見ようと思っていたのに、どこを見ればいいかわからない。手紙のマークがあるので、これだと思っても、勝手な操作をしたらばれるだろう。意味がわからない画面が出てきてしまっても困る。

いつもは依存症と思えるくらいに肌身離さず持っている。何かしないはずがない僕に貸すなんて、望月に逃げられてショックを受けているのかもしれない。ここまでして、僕を先に帰らせないようにするほど寂しい思いをしているんだ。青野の下駄箱にスマートフォンを置いて、先に帰ってしまいたい。

「涼ちゃんだ。帰るの？」久野ちゃんが階段を下りてくる。

水泳部のジャージを着て、頭に白いタオルを巻いている。鼻の下で結び、ねずみ小僧みたいになっていた。

「図書室に行く」

「本好きなの？　文藝部とか？　現国できるもんね」タオルを外し、手に持つ。

青い字で八百屋の名前が書いてあった。お中元やお歳暮に配っているやつだ。

「一位の久野ちゃんに比べたらできないけどね」

久野ちゃんよりも僕は劣っているというやり取りは、僕達の間で定番化されてしまいつつある。僕は勉強はできないけれど、運動はできるし、女装したら女子よりかわいいし、まあまあおもしろくて、こんな卑屈なキャラではなかったはずだ。

「だから、あれは前の学校でやったんだって」

「現国って、そういうことじゃなくない？　教科書同じでも問題が違ったら解けなくない？」

「しつこいなあ」目を細める。

またこの顔だ。誰かに似ているのに、思い出せない。

「ちょっと、目をつぶって」

「どうして？」

「いいから」

「変なことしないでよ。蟬とかカエルとか握らせないでよ」

「大丈夫。カエルは触れないから」

「男の子なのに情けない。カエルの肛門に爆竹入れて、爆発させたりしなかったの？」

「した、した。それで触れなくなった」

学校の裏を流れている川は、うちの近くまで繫がっている。小学校の低学年の頃は浅瀬で遊び、カエルやザリガニを捕まえて、残酷な遊びをしていた。子猫殺しなんかがたまにニュースになるが、僕達がやっていたことと何が違うんだと問われたら、答えられる自信はない。ザリガニを解剖した日の夕ごはんがエビフライでも、平気で食べていた。

「残酷」久野ちゃんは目元を拭って、泣き真似をする。

「自分だって、やってたんじゃないの？」

「やらないよ。女の子なのよ」

　男より女の方が残酷なものが好きだと思う。映画でもゲームでも、血まみれのシーンに僕は目を逸らしてしまうのに、姉ちゃんは目を輝かせる。うちの姉ちゃんは特別かもしれないけれど、望月やクラスの女子も血が噴き出るようなゲームを平然とやっている。

「それより、目をつぶってよ」

「だから、どうして？」

「どうしても。目をつぶってくれたら、説明する」

「変なことしないでね」

　本気で何かされると思っているのか、ギュッとつぶった目の周りが痙攣（けいれん）している。普通に目をつぶった表情ではないのでよくわからないが、目を細めた時みたいに、誰かに似ているとは感じなかった。

「ありがとう。もういいよ」

「それで、何がしたかったの？」目を開けて、まばたきをする。

「誰かに似てる気がしたんだけど、気のせいみたい」

「誰？　女の子？」

「多分、男」

「ふうん。失礼な話だね」

「そっか、ごめん」

「いいけど。わたしみたいにかわいい女の子は他にいないもんね」

「それさ、久野ちゃんが言うと、冗談に聞こえないから気をつけた方がいいよ」

「わたしがかわいいっていうこと？」僕の顔を覗きこんでくる。

「そういうわけじゃないけど」

今のは肯定しておけばいいんだと、昨日と同じ後悔をする。

「別にいいけど。かわいいなんて言われたことないし」

「嘘だ」

「嘘なんかつかないよ」

うちの学校では西澤の彼女だという噂が回っているから誰も言えないとしても、これでかわいいと言われないならば、仙台にはどれだけかわいい子がいるんだ。でも、性格で損をしているのかもしれない。かわいすぎて、誰も近寄れないというのもあるだろう。

どっちにしても、敵はいない方がいい。誰も久野ちゃんにかわいいなんて言わないままでいてほしい。

「部活は？　行かなくていいの？」

喋っている間に時間が経ってしまった。水泳部の練習はもう始まっているだろう。

「遅れても準備体操さえやれば怒られないから。涼ちゃんは部活やってないの？　あれ、文藝部なんだっけ？」

「違う。図書室に行くのは図書委員だから」

「そっか。当番だったら、行かないといけないんじゃないの？」

「当番じゃないよ。今日は待ち合わせ」

「彼女？」いやらしい笑みを浮かべている。

女の子がそういう顔するんじゃないと言ったら、何か言い返される。それよりも、この話の流れを壊さないことが僕達の今後にとって、とても重要だ。

「残念だけど、男」

「彼女いないの？」

「いないよ。久野ちゃんは彼氏いないの？」

西澤と付き合っていないとは聞いたけれど、彼氏がいないと聞いたわけではなかった。うちの学校にいなくても、他校や仙台にいる可能性はある。

「いないよ」

その答えにガッツポーズしそうになり、右手をギュッと握るだけに留めておく。

「そうなんだ」

「彼氏いたことなんてないもん。夏休みだし、花火大会とか行ったら、楽しそうだよね」

「そうだね」これは誘えるタイミングかなと思っても、言葉が出なかった。

来週末に商店街の先にある神社の夏祭りと河原の花火大会がある。花火大会は学校の裏を流れる川の本流の方でやる。少し遠いけれど青野の家の屋上から見える。青野のじいちゃんがそれを計算してビルを建てた特等席だ。

「前の学校の近くにも川があって、大きな花火大会があったんだよ。河原に出店が並んで、たこ焼きとか焼きそば食べながら、みんなで見にいったの。震災があって中止になるかなと思ったけど、去年も開催されて、嬉しかったな」

久野ちゃんは仙台の話をする時が一番楽しそうで、一番切なそうな表情になる。

クラスの友達とどんな話をしているかわからないけれど、仙台の話はしないようにしている気がした。僕とはクラスが違って、性別も違い、警戒が解けてしまうところがあるのだろう。

「仙台だったら、七夕まつりとかも行くの？」

「七夕まつりはね、毎年必ず家族で行ったんだ。地元の人が行くものじゃないって言われても、わたしは好きだったな。仙台に行ったことある？」

「ない。うちは家族旅行とか行かないから」家族で行くのは父がいるアメリカだけだ。

「そうなんだ。寂しいね」

「でも、去年まで夏は毎年必ず野球部やリトルリーグの合宿があったし」

「リトルリーグって、西澤君と同じチーム？」

　さっきまでと同じ表情なのに、久野ちゃんの中で感情が変わった。目がキラキラしなくなって、虚ろになる。

「うん」

「そっか。西澤君と仲が悪いって言ってたから、どうしてだろうって思ってたんだ」

「うん」

「ここ、蛍光灯切れそうだね」天井を指差す。

　タイミングを計ったかのように、電気が消えた。

「切れた」

「切れた。部活に行くね」昇降口を出て、プールの方へ行ってしまう。

　蛍光灯はすぐに点き、点いたり消えたりを繰り返した後に、また消えた。その後は、二度と点かなかった。

図書室に松ちゃんはいなかった。カウンターには当番の図書委員の先輩が座っている。あいさつをして少しだけ話し、閲覧席に行く。

放課後の図書室利用者は少ない。閲覧席では僕の他には、文藝部が集まってお喋りしているだけだ。

文藝部には図書委員の先輩が何人かいて、図書室でぼうっとしているなら入りなよと誘われたこともあった。僕は現国は得意でも、文学に詳しかったり、小説を書いたりできるわけではない。問題文を読めば答えが書いてあるし、漢字はテスト範囲を直前に丸暗記する。断りつづけるのも大変なので、仮入部としてミーティングに参加してみたが、話以上にノリが合わなかった。女子が多くて、あの作家はホモだ、ロリコンだ、愛人が何人いたと話している。先輩には、僕には話が難しすぎましたと言って断った。

机の上にカバンを置き、枕（まくら）代わりにして眠る。青野から預かっているスマートフォンは鳴ったらわかるようにカバンの横に置く。文藝部があの作家がホモならば、受けと攻めのどちらなんだと真剣に話しているのが聞こえた。攻めの反対は防御ではなくて、受け。これは腐女子の基本らしい。

姉ちゃんも同じようなことを話しているんだと思うと、姉弟の距離感を考え直してしまう。腐女子歴十五年の姉ちゃんの話は、うちの学校の女子とはレベルが違うはずだ。久野ちゃんがお姉ちゃんなんて、久野ちゃんの弟は羨ましいなと思ったけれど、そうでもないかもしれない。あの、おかしな感じやはしゃぎっぷりに常に付き合わされたら大変だ。でも、年が近い姉弟はあまり話さないとも聞く。それならば、あれだけかわいくてスタイルがいいお姉ちゃんがいるのは自慢になる。

冷房の涼しさと窓から入る陽射しの暑さがちょうど良く混ざり合う。寝ようとして身体の力を抜きながら久野ちゃんのことを考えたせいか、エロい気持ちが全身を包んでいく。このままではヤバイと思い、身体を起こす。窓の外を見て、意識を拡散させる。

野球部は今日も練習している。西澤がブルペンで投球練習をしていた。顔は見えないが、投げ方でわかった。二年生にはエースになれるようなピッチャーはいない。三年生が引退した後は西澤が主軸になるのだろう。背番号1をつけて甲子園に出る。西澤はその夢を叶えて、更に先へと進む。いいなあと独り言をこぼしそうになり、寸前で飲みこむ。

視線を感じて図書室の中に目を戻す。

閲覧席を仕切っている本棚の向こうに河村さんがいた。本棚の上に顔の上半分を出し、こっちを見ている。河村さんの身長は望月と同じくらいで僕よりも頭半分小さい。本棚の高さも同じくらいだから、背伸びしているのだろう。目が合うと、本棚の陰に隠れた。

「何してんの？」ビックリして、思わず声をかけてしまった。

しばらく待っても返事がなかったので、本棚の向こう側を見にいく。河村さんはしゃがみこんで、丸くなっていた。僕に背中を向けている。正面に回りこんだら、丸まったままで反対側を向いた。背中を押したら、倒れるだろうなと思ったが、そんなことをしても気まずいだけだ。

「掃除当番だったの。うちのクラス、図書室の担当だから」床に向かって話している。一組が図書室の掃除を担当している。掃除中は図書室に入れないから、今までは河村さんが当番の日でも、出てきたところにすれ違ったことしかなかった。

「掃除、終わってんじゃん」

「ゴミ捨てに行って、そしたら他のクラスの子に会って、話してたら戻ってくるのが遅くなっちゃったの」

「ああ、そう。それで、今は何してたの？」

「中原君だって思って。寝てるなって思って。起きたから顔を合わせないうちに帰ろうと思ったんだけど、中原君が気がついてくれないから」

顔を合わせないうちにと思ったならば、僕が気がついてはいけないんじゃないかと思ったが、どういうことなのかは聞かない方がいいだろう。

中原君と呼ばれることも、河村さんが丸まって気弱そうに話していることも、変な感じがした。

前は涼太君と呼ばれていた。少し首を傾げて僕を見て、涼太君と呼ばれると、僕に恋をしているんだなと実感した。告白されたのが嬉しくて付き合ってしまっただけだったが、ちゃんと好きになろうと思った。

「あのさ、ちょっと話さない？」

このまま、卒業するまで湿っぽい視線を向けられるのは耐えられない。そのうち気にならなくなると思っていたけれど、クラス替えで同じクラスになってしまう可能性だってある。

「いいの？」顔だけ振り向いて、僕を見ている。

こんな風に怯えられるようなことを何かしたのだろうか。付き合っていた時も暗い顔をすることはあったけれど、緊張しているせいだと思っていた。初めてできた彼女に僕も緊張していた。

「このまま話しているのはマズイから、向こうに座ろう」閲覧席を指差す。

文藝部の女子や図書委員当番をやっている先輩がチラチラと僕達を見ている。僕が泣かせているように見えるのかもしれない。

「うん」立ち上がろうとして、河村さんは前に転んだ。

しゃがんでいたせいで、足がしびれたようだ。恥ずかしそうに足を擦っている。ちょっと鈍くさいところがあり、そういう姿は好きになれないと感じていたのを思い出した。

閲覧席のさっきまで座っていた席に戻り、河村さんは隣に座る。僕の方は見ないで、膝の上で握りしめた手を見つめている。

話さない？　と言ったのは僕だけれど、話すことがない。僕の中では過去の恋愛のようなものとして終わっている。河村さんがうちの高校に入ってこなければ、思い出としてしまいこんだままだった。

「あの映画見にいったよね」河村さんは小説の棚を指差し、また下を向く。

「ああ、行ったね」

前後編ある映画で、最初のデートで前編を見にいった。後編も一緒に見ようねと約束した。ＤＶＤやブルーレイが出ているのに、後編はまだ見ていない。登場人物が多すぎて前編の途中から話が理解できなくなり、ＣＧを駆使したバトルシーンだけが記憶に残っている。ファンタジー映画だからか、斬られてもあまり血が出なかった。約束しながら、後編は見なくてもいいなと考えていた。

「わたしね、中学受験でこの学校落ちたの。それからずっと入りたかったなって考えていて。だから、中原君を追いかけてきたわけじゃないんだよ。でも入りたいって思ったのは、中原君がいたからかな。小学校の時もね、中原君の野球の試合を見にいったりしてたの。塾の友達と行ったんだけど、憶えてない？」

「なんとなく」塾の女子が来たことははっきり憶えているが、河村さんがいたかは思い出せなかった。

小学校五年生と六年生の時はリトルリーグと塾をかけ持ちしていた。放課後は毎日、野球の練習か塾に行った。毎週日曜日は塾のテストがあり、午前中に受けて、午後は試合や練習に出た。試合が午前中の時には、間に合わないとわかっていても、テストが終わったら急いで駆けつけた。塾は休まないというのが野球をつづけるための条件だった。練習の後には夜遅くまで勉強させられた。

あの二年間で、僕は努力や根性を使い果たしたんだ。合格発表を見終わった後、脳みそが爆発する音が聞こえた気がして、しばらく寝込んでしまった。

日曜日のテストを受けて帰ろうとしていたら、女子の何人かに野球の試合を見にいっていい？　と聞かれたことがあった。対戦相手も同じ塾に通っていて、涼太君じゃなくて相手が目当てと言われてガッカリした。

「野球してる中原君、かっこ良かったな。やめちゃったって聞いて、残念だった」

「うん」

そう思ってくれるのは嬉しいのに、この重さはなんだろう。見えないものが肩に伸しかかってくるように感じた。

「そういえば、久野さんと仲いいんだね？　久野君とは今も仲いいの？」

「どういうこと？」

「久野さんと廊下を走ってたでしょ？」

「そっちじゃなくて」

「あっ、友達でもないのに久野君って呼ぶなんて変だよね。わたしは遠くで見てただけなのに」

「それもちょっと違うんだけど」

「じゃあ、何？」

「河村さんさ」彼女をなんて呼んでいたんだろうと思ったけれど、どうでもいいことだ。「久野ちゃんの弟を知ってるの？」

「知ってるよ。久野さんとそっくりだよね。似てるなって思っても、同じ学校に久野君のお姉ちゃんがいるなんて思わないから、被災して引っ越してきたって聞いた時には驚いちゃった。久野君はまだ仙台にいるんだって。野球部でのことは大変だったって噂は聞いたけど、どうしてるのかな？　あの事件って、ちょうどわたし達が付き合ってた頃だよね？」

確認したいことがありすぎて、どこから聞けばいいかわからない。事件って何？　というのが一番気になるけれど、初めから整理していった方がいいだろう。

「河村さんは久野ちゃんの弟とどこで会ったの？」

「だから、遠くで見てただけだよ。中原君の試合を見にいった時に」

「僕と久野ちゃんの弟がいつ試合したの？」

「夏休みに試合してたじゃん。他の子は憶えてないけど、久野君は中原君と似てたから憶えてるよ。遠くから見たら中原君に見えて、一緒に行った子が声をかけちゃったこともあって」

「ああ、そう」

河村さんって、こんなに話しにくい人だったんだ。僕が聞きたい話題から微妙にずれていく。久野ちゃんとも会話のずれは感じるけれど、話していて楽しいので気にならなかった。今はただイライラする。

「久野ちゃんの弟っていくつなの？」

「一つ下」

「試合したのは夏休みだけ？」

「うん。そうじゃないの？　だって、久野君のチームが合宿でこっちに来たって言ってたよ。でも、中原君のチームが宮城に合宿に行った時も試合したんだっけ？」

「宮城に合宿？」

「夏休みに行ったでしょ？　その時だけ塾を休んでいいってお母さんが許してくれたって、塾で話してたよね」

「ああっ、思い出した！」立ち上がって大きな声を出してしまい、文藝部の女子が僕達を見る。「すいません」小さな声で謝り、座り直す。

「憶えてなかったの？」

「うん。でも、思い出した」

リトルリーグのコーチが仙台の出身で、夏休みには宮城県へ合宿に行った。仙台市内ではなくて、山奥にある合宿用の宿舎にバスで行ったから、何県という意識もなくて忘れていた。そこで毎年、コーチが子供の頃に所属していたリトルリーグのチームと合同練習をして試合もした。逆にそのチームがこっちに来て、試合をしたこともある。

ピッチャーが僕と同じように小さくて女の子みたいな顔をしていた。ただ、野球は僕と比べものにならないくらいうまくて、ああいう奴がプロになれるんだろうなと人生初の挫折を知った。僕だってうまいと思っていたのに、レベルが違う。

ピッチングフォームがキレイで動きに無駄がない、判断が速くて五年生なのに六年生に臆せず指示を出せる、打つべきところでヒットを打つ。年下のくせに生意気だという気持ちはすぐになくなり、野球をしている姿に見惚れた。

向こうから話しかけてくれたことが何度かあった。練習の準備や片付けでは率先して動き、違うチームの選手にも自分から声をかけていた。僕達似てるよねと言われ、恋をしているように胸が高鳴り、自分は男が好きなのかと不安になった。連絡先を交換したくても、照れてしまって言い出せなかった。

甲子園の常連校から声がかかり、その高校に併設された寮制の野球部がある私立中学校に入ったはずだ。スポーツ推薦ではないけれど、中学生のうちから手を掛けてくれる。リトルリーグの友達と会った時にそう聞いた。宮城県外の学校で、中学生なのに家族と離れて暮らすなんてすごいなと思ったのを憶えている。

そう言われれば、久野君だった。下の名前で雄基君とみんな呼んでいた。お姉ちゃんが久野ちゃんならば、全ての辻褄が合う。

「それで、事件って何？」記憶が繋がったところで、河村さんに聞く。

「知らないの？」

「うん。知らない」

「じゃあ、知らないままの方がいいかも」

「いいよ。教えてよ」

「でも」さっきまでベラベラ喋っていたくせに、今度は口ごもる。

「河村さんに聞いたとか言わないから」

興味本位で知りたいわけではない。久野ちゃんのために知りたいんだ。もったいぶっていないで、さっさと喋ってほしい。青野や松ちゃんが来たら、話せなくなってしまう。

「そっか、外部生の子はみんな知ってるみたいだけど、内部生の子は知らないのかな」

内部生にネットワークがあるように、外部生の中でもネットワークはできている。外部生に関する噂は、同じ外部生の方が回りが速い。

「教えて」

「中原君、久野さんが好きなの？」

「はあっ？」

本題と大きくずれたことを聞かれ、トゲのある声を出してしまった。顔も険しくなっているると思うが、河村さんは相変わらず下を向いている。

「わたしの気持ちわかってくれないかな。わたしね」

「ごめん、ちょっと待って」

青野のスマートフォンが鳴った。マナーモードで震え、液晶が光る。着信ではなくてメールだった。

見てはいけないと思ったが、差出人と本文の冒頭だけ液晶に出てしまっている。差出人は松ちゃんだった。〈もうメールしないでもらえる？　富永君のことが落ち着いたら、有村先生と結〉まで見えていた。

結に繋がる文字は婚だろう。有村先生と松ちゃんが結婚する。というのもショックだが、どうして青野に松ちゃんからメールが届くんだろう。松ちゃんのメールアドレスなんて、僕でも知らないのに。それよりも、内容が意味深すぎる。しばらく見つめていたら、液晶のライトが消えた。

見なかったことにしなければいけないと思い、カバンのサイドポケットにスマートフォンをしまう。ずっとカバンの中に入れていたことにして、借りたことさえも忘れていたと言えばいい。そうすれば、青野に疑われることはない。

　問いつめたくても、これはルール違反だ。それとも、メールが届くことを計算して、青野は僕にスマートフォンを貸したのだろうか。こういうことに関してはバカではないし、そうかもしれないけれど、見なかったことにした方が問題が起こらないで済む。

「中原君」

「ごめん。今日はもういいや。また話そう。ちょっと出ないといけないから」

　カバンを持って閲覧席を離れる。そのまま外に出ようと思ったら、松ちゃんが戻ってきた。

「帰るの？」

「購買に行こうと思って。カバン預かってもらえますか？　すぐ戻ってくるんで」

「特別ね」

「はい。お願いします」

　司書室にカバンを置かせてもらい、図書室を出て、中庭を通って購買に行く。

　二階のパン売り場につづく階段に座り、オレンジジュースを飲む。頭の中を整理する。

　青野のメールは見なかったことにする。何か言われても見てないと言って通す。松ちゃんにカバンを預けていたと言えば、それはそれで気まずい空気が流れるかもしれないが、その空気にも気がついていないフリをする。これは決定なので、考えないようにしよう。忘れたと自分に思いこませる。

久野ちゃんのことは、どうしたらいいんだろう。河村さんにはもう聞きたくない。できれば、話したくない。わたしの気持ちとか言っていたが、気持ちを聞かされても困る。

湿っぽい視線を向けられても、未だに僕を好きだとは思っていなかった。でも、あの言葉の先にあるのは告白だろう。今の僕だって、誰かに告白されたら舞い上がって付き合っちゃわないとは言い切れないけれど、河村さんと付き合うことはない。

しかし、久野ちゃんに何があったかは、知りたい。弟の雄基君が事件に遭い、久野ちゃんはそのことにショックを受けた。それで、お母さんと二人で引っ越してきた。今の雄基君がどうなっているかわからないが、小学生の時の記憶から考えると、僕は久野ちゃんよりも雄基君と似ている。だから、久野ちゃんは僕を見たら、雄基君のことを思い出してしまうかもしれない。西澤の話と総合すると、そういうことだろう。事件がわからなければ、話が見えない。

年が近い姉弟ってどういう感じなんだろう。雄基君が久野ちゃんにあのピッチングフォームを教えたならば、二人はきっと仲が良かったんだ。

うちだって、姉弟で仲はいい方だ。でも、一般的な姉弟仲とは違う。年が離れているから、怒られることはあっても、本気でけんかすることはない。家にいない父の代わりに、姉ちゃんが遊びに連れていってくれたり、野球の試合を見にきてくれたり、キャッチボールもしてくれた。中学生の時に母に乱暴な言葉を遣い、殴り飛ばされたこともある。その一発が反抗期の終わりになった。顔も似ていないし、久野ちゃんの家の姉弟関係とは違うと思う。

青野の家は兄と妹で話すことはあっても、仲がいいというほどではない。妹の結ちゃんは、お兄ちゃんウザいとよく言っている。望月には中学一年生の弟がいる。中学校に入ってから急に大人ぶるようになって、話してくれなくなったと前に言っていた。

それぞれの家族で違い、久野ちゃんと雄基君のことは二人にしかわからない。

オレンジジュースのパックを捨てて、外に出る。ブラスバンド部がひみつのアッコちゃんを練習している音が鳴り響いていた。野球部の応援歌だ。

図書室に戻ったら、河村さんはいなくなっていた。さっき僕が座っていた席には青野がいた。文藝部員もいなくなっている。

「どこ行ってたんだよ」青野が言う。

「購買。ジュース飲んでた。課題終わったの？」

「終わった。オレのスマホは?」

「その呼び方、気持ち悪くない?」

「気持ち悪くない。電話したのに、出ないから帰ったのかと思った」

「カバン預けて、その中に入れたままだった」

嘘をつく時は、喋りすぎないようにする。姉ちゃんの友達が描いたBLの同人誌のセリフにあった。男同士の恋愛なんておもしろくないと思っていたが、役に立った。

司書室に行き、松ちゃんにお礼を言ってカバンを取ってくる。

「大切なスマホなんだからさ」

「わかってるよ」カバンのサイドポケットからスマートフォンを出して返す。

青野は液晶に指を滑らす。

「見た?」

「何を?」

「いや、いいや」

「カバンに入れたままだったし、使い方もわからないし、見てないよ」喋りすぎた気がしたが、セーフだろう。

「そうだよな。涼ちゃんもスマホにしろよ」ズボンの後ろポケットにスマートフォンをしまう。

「お父さんが帰ってきたら頼んでみるよ」隣に座る。

さっき、河村さんが座っていた席だ。怨念が残っているように感じた。僕は悪いことなんてしていないと思うが、さっきの話の切り方は良くなかった。

「帰る？」青野が言う。

「もう少し涼しくなってからにしよう」中庭を往復しただけなのに、汗をかいていた。

夜になっても暑いが、陽が傾けば痛くなるほどの暑さではなくなる。毎日外で野球をしていた時はそんなことなかったのに、今年は陽に灼けたところが赤くなってしまった。

「そういえばさ、美術室で聞いたんだけど」

「何？」

「富君、ヤバイらしいよ」

「何が？」

「一学期の間に学校来なかったら、退学だって」

「マジで？　誰が言ってんの？」

「美術部の奴ら。美術準備室で先生達が話してたのが聞こえたんだって」

「先生達って誰？」

「それはわからなかったらしいんだけど」

「へえ」

先生がわかれば信憑性があるが、わからないのでは話にならない。

「あと明日と明後日と来週の終業式だけじゃん。どうすんのかな?」

「さあ」

「涼ちゃん、何か聞いてないの?」

富君の話をする時は青野との温度差を感じる。僕も噂は気になるけれど、青野みたいにはしゃげない。

噂話をしている時に自分はみんなと違うという顔で黙っている奴がいてもウザいだけだ。でも、富君のことは話せば話すだけ自分が原因のような気がしてくる。同じように考えている奴が他にも何人かいるはずだと思っても、気持ちが沈む。

「聞いてないよ。富君、どうして学校に来ないんだろ?」

「その話題、古くないか?」

「古いとか、新しいの問題じゃなくて、本気で知りたいんだよ」

「どうなんだろうな。いじめなんてなかったって思うけど、そんなことなかったのかもしれないな」

青野が僕の温度に合わせてくれたのを感じた。落ち着いて、話そうとしている。

「どういうこと?」

「富君が休む前って、内部生と外部生の差が今の感じとは違ったじゃん。今の方がはっきりと差はできてるんだけど、その分の和平交渉もできてるっていう気がするんだよ。外部生のグループも決まってきて、ここは交流があるけど、ここは関わらないっていうのが目に見えてきてるじゃん」

「うん」

同じクラスにいても、内部生と外部生が混合でグループを作ることはない。不思議なくらいに男子も女子も、内部生は内部生だけで、外部生は外部生だけでグループを作る。仲が悪いわけではないし、話をしたり、グループ同士で仲良くすることはあっても、しっかりと区別ができていた。

「四月頃って、そういうのがもっと曖昧だったじゃん。外部生はまだ手探りって感じだったのに、内部生は中学からみんな一緒っていうのでグループができあがっていて。富君って、純粋な内部生って感じじゃないし、やっぱりちょっと変わってるし、本当は何かあったのかもしれないって思ったんだよ」

「何かって？」

「具体的に何か聞いたわけじゃないからわからないよ。あくまでもオレの推測ね」

「うん」

「見た目では内部生か外部生かってわからないからさ、富君って特にどこのグループにいるわけでもないし、外部生から見たらどっちか判断できなかったんじゃないかな」

「うん」

内部生は中学から同じ制服を着ているので、ブレザーの袖口がほつれたり、ズボンの膝が薄くなったりしている。でも、そんなことは誰も気にしていないし、高校に入った時に新調した人もいて、目印にはならなかった。

「オレ達は富君が帰国子女なことも、趣味とか感覚とかがちょっと違うってことも知ってるから、おかしなこと言っても許容できるけど、知らなかったら変だなって感じると思うんだよ。外部生に声をかけられたら、富君は性格的にニコニコして話をする。話している間に富君が内部生だとわかり、こいつは違うんだという目で見られる。しかもちょっと変だって思われて、距離を置かれる」

「そこでいじめられていたってこと?」

「いじめっていうほどじゃなくても、そういう中で、何か嫌なことを言われたのかもしれない。最悪の場合は、いじめられていたかもしれない。外部生の情報ってかわいい女子だけ気にしていた頃だから、誰に気をつけた方がいいとか、オレ達にはわからなかった。中学の時の呑気(のんき)さを引きずっていたけど、それじゃ駄目だったんだよ」

「なんかあった?」

こういうことを青野が真面目に話すのは珍しい。女子の話とか野球の話とか、どうでもいいことしか真面目に話さない。友達関係のことはできるだけ軽く流す。中学の時に野球部内で問題が起きた時は話し合いに入ってこなかった。女子の話も、深刻になると口を閉ざした。

「いじめがあるらしいよ。他のクラスでは」

「そうなの？」

「外部生の女子同士とか、内部生の男が外部生の男を標的にしたりとか。女子の場合はとりあえずグループになったけど、合わないって思ってハブにするみたいなことが多いんだって。美術の課題やりながら、そんな話ばっかり聞いてきた」

「ふうん」

「中学の時もさ、呑気だったのはオレ達の周りだけだったのかもしれないって思えてきた。富君が内部生にいじめられていた可能性だってないとも言い切れないよ」

「そうなのかなあ」

五クラスだったのが二倍の十クラスに増え、同じ学年の中でも何が起こっているかよくわからないと感じる。人数が増えたのに、自分のクラスやグループの狭い中にしか目が向かなくなり、他のクラスには関心も持たなくなっていた。

中学の時は同じ階に五クラス入っていて、もっと見通しが良かった。全員の顔と名前を知っていたし、他のクラスの友達ともよく遊んでいた。その中でいじめなんて聞いたこともないし、そういうことがあると思ったこともなかった。しかし、僕達の目には見えない場所で、何か起きていたのかもしれない。

「オレはそういうの嫌なんだよ。意外かもしれないけど」

「意外ではないよ」

軽く見せかけていても、内心ではちゃんと考えているし、誰よりも平和主義者だ。

「それと、久野さんの話も聞いたけど、聞く？」

「タイムリーだな。さっき、河村さんとその話してたんだよ」

「どうして、河村さんと話したの？」

「おもしろい話は何もないから今度話すよ」

河村さんとのことは、メールを交換するようになって付き合って別れるまで、全てを青野に報告していた。

「今は久野さんの話がしたいってことか」

「それも、どうしようかな」

富君の話だけでも気持ちが重くなっていた。久野ちゃんの噂も楽しい話ではないだろう。河村さんは事件と言ったのだから。

「噂話だからな。軽い気持ちで聞いておけよ」

「聞いた方がいい？」

「それは、オレが判断することじゃないもん。どうせ、オレの言うことなんて信用してないんだろ？」人さし指を立てて机にのの字を書いている。

そんなわかりやすい拗ね方をするっていうことは、もう話す気はないのだろう。いつもの軽い感じに態度を戻した。そして、それは聞かない方がいいってことだ。

「そんなことないよ」

入口の方でスイッチを押した音が鳴り、図書室の電気が点いた。まだ陽は沈んでいないけれど、野球グラウンドのナイター設備の電気も点いていた。

「もうすぐ閉めるけど、まだいる？」松ちゃんが閲覧席に来る。

図書委員や文藝部の松ちゃんと仲がいい生徒は、閉館後も図書室に残っていることがよくある。松ちゃんが司書室で仕事をする時だけ、特別と言って閲覧席を利用させてくれた。

「もう帰ります。帰るよな？」青野に聞く。

「はい。帰ります」

「気をつけて帰るのよ」

さっきのメールが見間違いだったのかと思えるくらいに、二人とも自然に話している。

「さようなら」

図書室を出る。青野は靴を履き替えていなかったので、中庭を通って昇降口に行く。

昇降口の前に部活終わりの女子が溜まっている。バドミントン部だ。望月がいるのが見えた。

「忘れ物した」ズボンの後ろポケットを触り、青野は図書室に戻っていく。

「何？」

「スマホ。図書室で落としたかも。今日、自転車？」

「自転車」

「じゃあ、先にうち行ってて」

「わかった」

「すぐ追いかけるから」

わざとらしいなと思ったが、どっちに対してわざとなのかがわからなかった。昇降口で待っていようかと思ったけれど、望月を避けるためのわざとだったら、青野はバドミントン部の女子がいなくなるまで戻ってこない。松ちゃんと二人になるためのわざとでも、いつ戻ってくるかわからない。どっちに対してもわざとというのが正しいところだろう。

僕達が出た時に図書委員の先輩も帰る用意をしていたから、図書室にいるのは松ちゃんだけだ。青野が何をしに行ったか、戻って覗きたい。でも、覗いたらいけない。何もないかもしれないけれど、何かあったら、青野と顔を合わせられなくなる。

「涼太」昇降口の前にいる望月に呼ばれた。

今は色々と気まずい。聞こえなかったことにしようと思っていたら、望月が僕の方に来た。

「何？」

「頼んでくれた？」

「何を？」

「お父さんに、まつ毛の薬」

「お母さんに言っておいた」

「そう。じゃあね」僕に手を振り、バドミントン部の女子のところに戻ろうとする。

「それだけ？」

「何が？」

「いや、いいや」

僕だって、青野と同じように深刻なことには関わらないようにして軽く流す派だ。逃げるように図書室に行った青野について、望月が何も言わないならば、深入りする気はない。

「じゃあね」

「じゃあな」

手を振り合い、望月は昇降口に戻り、僕は二号館裏の自転車置場に行く。プールの方から笛の音が聞こえた。水泳部はまだ練習しているようだ。

自転車を出して、裏門から帰ろうとしていたら、二号館一階の保健室に和尚がいるのが見えた。他にも何人か生徒がいて、床に座りこんでいる。こんな時間に保健室にいるなんて怪しい。自転車置場の端に自転車を戻す。

「和尚、何やってんの？」外側から窓を開けて、和尚を呼ぶ。

男が五人、女子が七人いる。リボンの色がバラバラだった。男の中にうちのクラスの外部生が一人いた。目立たない奴なので、話したことはない。手を振ってみたら、躊躇わずに振り返してくれた。教室では目立たないようにしているだけなんだと感じた。話しかけたら、普通に話してくれそうだ。

緑色のリボンをつけた三年生の女子に何か言い、和尚は僕の方に来る。

「どうした？」

「何やってんの？」

「部活」

「部活？」

「言ってなかったっけ？　ボランティア部に入ったって」

「初めて聞いた」

「そうだっけ？　涼ちゃんには言ったと思ってた」

「聞いてないと思うよ。ちょっとさ、相談したいことがあるんだけど、今日の夜って電話してもいい？」

　僕が西澤と同じチームにいたと話した時に虚ろになった久野ちゃんの目が、ずっと頭に引っかかっている。

　河村さんや青野と話している時はあまり考えていなかった。でも、一人になったら、久野ちゃんに何があったんだろうと思う気持ちが強くなった。同じクラスの和尚に聞いた方が噂よりも正しいことが何か聞けるかもしれない。

「今でもいいよ」

「いいの？　部活は？」

「大丈夫。話してるだけだから」

「じゃあ、今の方がいい」

「学食でもいい？　腹減っちゃって」

「うん」

「すぐ行くから、先に行って待ってて」

「わかった」

　学食は購買の隣にある。昼休みは常に満席で、権力と知恵を駆使して、調理を担当するおばちゃんの争奪戦が繰り広げられる。放課後ももう少し遅い時間になると、男子運動部の練習が終わって混むのだけれど、今の時間はまだすいている。コロッケを食べながら話している女子のグループと、うどんやきしめんを啜（すす）っている中学生男子が何人かいるだけだ。

タルタルソースを載せたコロッケを買って、コップに水を汲（く）む。近くに誰もいない方がいいので、奥のテーブルの端に座る。

すぐに和尚が来た。カレーを買って水を汲んで、僕の前に座る。

「部活って、いつ入ったの？」

「中間テストの後だったから、五月の終わりかな」

「ふうん。ボランティア部って何やってんの？」

「老人ホームとか障害者センターの手伝いにも行くんだけど、オレはまだ行けてない。今は文化祭でやるチャリティー古本市の話し合いが主だから」

「ボランティア部って、それか。もう準備してるんだ」

文化祭は夏休み明けの九月末だ。ボランティア部はチャリティー古本市を毎年やっていて、図書委員も合同で参加している。生徒や先生から集めた古本を売り、売上を寄付する。僕は準備段階の力仕事だけ手伝った。当日はクラスで女装で接客していて、古本市には顔を出しただけだった。

「夏休みは施設に行く予定があるんだけどね」

「それは、将来のため？」

「うん。家が病院だから医者になるって決めたけど、それが自分に合っているか見極めたい。先輩達の話を聞いても勉強になるし、入って良かったたって思う」話しながら、飲むようにしてカレーを食べていく。

冷房がついているのに、和尚の額からは汗が止まらずに溢れ出てる。いつもは暑苦しいなと思うが、今日はなぜか輝いて見えた。首に巻いているタオルで豪快に拭う。拭ってもすぐに汗が流れ落ちる。

「そっか」

「さっき、涼ちゃんのクラスの男いたじゃん」

「うん」

「将来は福祉関係の仕事がしたくて、それ系の大学に進むんだって。うちの大学だと学部がないから外部受験するって言ってた。大学付属だからって、みんながそのままエスカレーター式に進むなんて考えてなかったらしいよ。オレも外部じゃないけど、受験勉強しないといけないし、同じような考えの友達がいるってわかったのも嬉しかった。どうしてもさ、勉強してどうすんだよって考えの奴が多いじゃん」

「ごめん。バカで」

「ごめん。そういうことじゃなくて」

「大丈夫。わかるから。和尚はすごいよ。将来のことをちゃんと考えていて」

僕は将来のことなんて何も考えていない。来週から始まる夏休みの予定さえ、まだ決められない。

早めに父に連絡して、僕がアメリカに行くことにすれば良かった。日本にいるよりも何かしらやることはある。野球部が甲子園に出た場合には、応援に行かないで良くなる。でも、日本にいれば、久野ちゃんと会える機会があるかもしれないが、アメリカに行ったら夏休みが終わるまで会えなくなってしまう。

「オレは自分のことしか考えてないから。涼ちゃんや青野と離れたら、クラスに仲いい奴もいないし。元野球部が何人かいるけど、ノリが合わなくて」

「そうなんだ」

言われなかったら、知らないままだった。

「オレはさ、医学部進学って目標があるから学校に来るけど、それがなかったら、富君みたいになってたかもしれないって思ったことはあった。富君って、オレや涼ちゃんと仲良くしていても、どこか孤立してる感じがあったじゃん。どこのグループにも、スッと入りこむのに、どこにも所属してなくて」

「そうだね」

富君が休んでいる理由について、僕も青野も和尚も違うことを考えている。

和尚に富君の家に一緒に行こうと誘ったら行ってくれそうだけれど、部活に入って新しい友達ができたところを邪魔することになってしまう。家に行っても会えない可能性が大きいし、その日だけでは解決しないだろう。

「それより、相談って何？」カレーを食べ終わり、水を飲む。

「ちょっと、待って」

僕もコロッケを食べてしまう。久野ちゃんのことを聞くのも悪い気がしたが、やっぱりいいと言って帰るのも変だ。代わりに相談できることもないし、聞いておきたい。

「ゆっくりでいいよ」

「そうだ、携帯電話って持ってる？」

「うん」和尚はズボンの後ろポケットから赤い二つ折りの携帯電話を出す。

「貸してもらっていい？　青野にメール送る」

「なんて送るの？」

「帰る。って」青野と遊んでいる気分ではなくなってきた。

「それだけ？」

「それでわかるだろ」

「じゃあ、送っておく」クリームパンみたいな手をチマチマ動かし、メールを打つ。送信して、携帯電話を後ろポケットに戻す。

ポケットに入れておいても、携帯電話が落ちることなんて、滅多にない。青野はわざと図書室に落としてきたのだろう。

「相談っていうのは、久野ちゃんのことなんだけどさ」

「うん」

「和尚の知ってることを教えてほしい」

「知らないでいいと思うよ。今の元気そうなのが久野さんって思ってれば、それでいいんじゃないかな？」

「そうかもしれないけど、知りたいんだ」

「でも、オレが知ってることはそんなにないよ。噂はたくさんあったみたいだけど、オレのところには回ってこないし。ほら、今のクラスに仲いい友達いないから」

「和尚の知ってることを教えてくれればいい」

「でも、涼ちゃんも知ってんじゃないの？　中学の時に野球部で話してたじゃん。寮制の野球部がある学校で暴行事件があったって」

「いつ？」

「中二の十一月くらいじゃないかな。高校の秋季大会が終わった後だったと思うよ。被害者は中学生だったんだけど、中心になって暴力を振るっていたのは高校生だった。秋季大会で優勝か準優勝していて、春の選抜はどうなるんだみたいな話になってたから」

「その頃じゃ、憶えてないや。その話にも参加してないと思う。ほら、彼女ができて浮かれたり落ちこんだりしてたから」

河村さんと付き合って、二週間で別れた時と重なっている。他校の野球部で起きたことよりも、せっかくできた彼女の方が重大な問題だった。

「そっか。そうだったな。オレも涼ちゃんの彼女の方が気になってたのかな。その話をしたのは憶えてるけど、何を話したかは憶えてないんだよな。はっきり言って、野球部で暴行事件って、よくある話じゃん。大きなニュースにはならないだけで、同じようなことはいくらでもあると思うんだよ。その時は選抜に関わっていたから、たまたまネットで騒ぎになっただけだったんじゃないかな」

他の私立中学校に入ったリトルリーグの友達に、涼ちゃんの学校が羨ましいと言われたことがあった。

そこの学校では、中学と高校が合同で練習して、先輩へのあいさつの仕方や話し方を徹底的に指導される。殴られたり蹴られたりすることもあると言っていた。教育とは言えないくらい殴られても、ありがとうございますと返さなくてはいけない。そんなヤンキーまんがみたいな学校はないだろと思っていたが、よくある話らしい。うちの学校は高校の野球部でも、そういう厳しさはないはずだ。

「被害者が久野さんの弟なんだって。それで、学校やめて、家に戻って、そういう中で震災があって、大変な思いしたんじゃないかな」

「それだけ?」

思っていたよりも早く話が終わってしまった。

「言葉にすると、それだけに聞こえても、そこにいた本人達は辛かったんじゃない?震災の後って、ここら辺も大変だったじゃん。電車やバスが時間通りに走るかわからなかったり、停電するとかしないとか情報が入り乱れたり、普段は食べない納豆やヨーグルトを買いに走ったりもしたよな」

「買いにいったね、納豆とヨーグルト」

震災から数日が経った後、納豆とヨーグルトが品薄になっているとニュースになった。計画停電により工場の生産能力が落ちただけではなく、商品の包装資材が不足していると繰り返し報道された。

母に頼まれ、僕は隣の駅のスーパーまで自転車で納豆を買いにいき、姉ちゃんは会社の近くのコンビニでヨーグルトを買って帰ってきた。他にも水がなくなると言われ、お一人様一本のミネラルウォーターを手に入れるために家族三人で並んだ。

父がすぐに帰国すると電話をかけて来た時には、今の日本に帰ってくるのは危ないと騒ぎ、余計に心配をかけてしまった。

「久野さんって、四月はあんまり学校に来なかったんだよ。外部生同士で中学どこだった？　って話になった時に、仙台出身って言ってたから、ＰＴＳＤみたいなことかなって話になってたんだけど、誰かが弟のことをネットで調べてきたんだよね。ＳＮＳ系のサイトでクラスメートを検索した奴がいて、その時に久野さんのことも検索したら、暴行事件のニュースが出てきたんだって。それで、元野球部の奴らが調子に乗って話しちゃって。本人に言わなくてもいいのに、弟のことは大変だったでしょ？　とか言う奴もいた。今は部活やクラスに仲いい女子ができて、そいつらが久野さんを守ってるって感じで学校に来るようになったけど、五月の終わりくらいまではよく休んでたよ。今も遅刻は多いし」

「そうなんだ」

「西澤と付き合ってるのが良かったのかもな。男はヘタなこと言えなくなった。何もしてこないと思っても、怖いからな」

「それ、嘘だって。久野ちゃんが言ってた」

「そうなの？」

「仲はいいらしいけど」

「そうなんだ」

「うん」

どっちにしても、西澤が久野ちゃんを守ってきたんだ。

「仲良くするなら、今までと同じように何も知らないって顔をしていた方がいいよ。久野さんが必要としているのは、そういう友達だったんじゃないかな。そのために引っ越してきたんだと思うよ」

「そっか。でも聞いておいて良かったよ。ありがとう」

「何かあったら、また相談して」

「うん。帰ろうか？」

「オレ、もう少し部活に顔出して行くから」

「古本市、僕も図書委員で手伝うし、一緒にやろうな」

「おう」

学食を出たら、空がオレンジ色になっていた。校舎の屋上からカラスが出てきて、黒い塊になって飛び立つ。

自転車で川沿いを走っていたら、うちの学校の女子が橋にしゃがみこんでいた。眠っている狸を撫(な)でている。近くに行かなくても、久野ちゃんだとわかった。そんなことをする女子は他にいない。

「何してるの？」自転車を止めて、声をかける。

久野ちゃんは僕を見上げて、目を細める。

目を細めるのは雄基君がピッチングフォームに入る前にやる癖だった。大きな目を細めて、息を吐く。顔が似ているだけではなくて、些細な仕草も似ている。

「涼ちゃんか」狸に目を戻し、溜め息をつくように笑う。「一瞬だけ違う人に見えた」

「そう」隣にしゃがむ。

「静かにしてね。やっと手懐けたんだから」口元に人さし指を立てる。

「わかった」

さっきの虚ろな目とは違うけれど、元気がないように見えた。狸は久野ちゃんに撫でられて、気持ちよさそうに寝ている。

空のオレンジ色が濃くなり、東の空は少しずつ藍色になっていく。もうすぐ暗くなるのに、林にいる蟬は声を上げつづけている。

「この子には触らないでね。野生だから、かわいい顔して狂暴になるかもしれない」

「久野ちゃん、狸っぽいよね」

「涼ちゃんも狸っぽいよ」

「そうかな」

「どうして聞かないの？」

「何を？」

「違う人って誰に見えたの？　って、どうして聞かないの？」顔を上げて、真っ赤になった目で僕を見る。

嘘をつくためには言葉を少なくするだけでは駄目だ。何を知っていて何を知らないか考えて、必要なことは言わなくてはいけない。

「ごめん」

「誰かわかってるからでしょ？　西澤君に聞いたの？　前から知ってたの？　雄基に会ったこともあるんでしょ？　さっき、昇降口でわたしが誰かに似てるって、雄基の話をしようとしたんでしょ？　知ってるなら知ってるって言えばいいじゃない！」

久野ちゃんは泣きそうになっているのに、涙は落とさなかった。

「西澤にも聞いたけど、その時は僕が雄基君のことを忘れていて、理解できなかった。小学生の時に何回か会っただけだから。他の人から話を聞いて、さっき思い出した。昇降口で話した時は、本当に何もわかってなかった」

「誰に聞いたの？」

「それは言わなくてもいい？」

河村さんの名前は出したくないし、和尚のことも言わない方がいいだろう。

「ごめん。涼ちゃんは何も悪くないのに」

「いいよ。大丈夫だから」

「涼ちゃん、雄基と似てるから。身長とか髪型とか体型とか、顔もたまに似てる。トマトを食べてるわたしを見て驚いた表情とか、雄基がいるのかと思った。いるはずがないってわかってるのに。あんなことがなくて、雄基が普通に学校に通っていたら、涼ちゃんみたいになっていたのかなって思った。こんな風に考えたら、涼ちゃんに悪いってわかってるの」

真っ赤になった目は僕でも、周りの景色でもなくて、何か見えないものに向いている。正面から見ても、目が合わなかった。狸は起き上がり、林に帰っていく。

「久野ちゃん。話さなくていいよ。僕は気にしないから」

「涼ちゃんのこと、一ヶ月くらい前から知ってた。職員室前ですれ違って、雄基がわたしに会いにきたのかと思った。畑の前で目が合って、どうしたらいいかわからなくなった。でも、話してみたいとも思って、それなのに、涼ちゃんと話しても、雄基と話してるみたいって思ってた。話し方や声は似てないのに、思い出せなくなってるから。涼ちゃんが二階から飛び下りたのを見た時、怖かった。でも、すごいって感動してたの。飛び下りても平気なんだって、雄基もきっと、生きるために飛び下りたんだって思えた」

「雄基君、何があったの？」

飛び下りたなんて話は聞いていない。死んだとは河村さんも和尚も言ってなかったから、生きてはいるはずだ。

暴行事件と言っても、実際に何があったかは加害者と被害者しか知らない。その後の雄基君に起きたことはニュースにならなくて、家族が全てを抱えこんだのだろう。久野ちゃんが誰にも言えずにしまいこんでいることはまだまだある。

「わたしは逃げたの。野球できなくなって、学校やめないといけなくなって、暴力振るうようになった雄基から逃げたの。だって、お母さんが辛そうだったから。お父さんもしばらく離れて暮らした方がいいって言うから。それなのに、離れてるといいことばかり思い出すから、雄基は仙台で元気にしていて、また一緒に野球ができるんじゃないかって、考えたりした。でも、そうなるまでにとても時間がかかることはわかっていて。そしたら、雄基があんなことになる前に何かできたんじゃないかって思う気持ちが強くなった。涼ちゃんは涼ちゃんで、雄基じゃないってわかってるのに。涼ちゃんと話してると楽しいから、会いたいなって思う。でも、涼ちゃんに会いたいのか、雄基に会いたいのか自分でもわからないの」

「久野ちゃん、久野ちゃん」肩を揺する。

このまま喋りたいだけ喋らせた方がいいかと思ったが、息苦しそうにしていて倒れてしまいそうだった。

「ごめん、変な話して。ごめんね」僕の目を見て、手を震わせる。

「大丈夫だから。久野ちゃんが何を話しても僕は傷つかない」震えている手を両手で握る。「話したいことがあったら、話してほしい。僕を雄基君と思ってしまうならば、それでも構わない。でも、もっとゆっくり時間をかけよう。今すぐに無理をする必要はない。君はそのためにここに来たんだ」

「君って呼び方は気持ち悪いよ」表情がほぐれ、微かに笑ってくれた。

「愛美ちゃん」

「今更、それも気持ち悪い」

かなり思い切って呼んだのに、拒否されてしまった。

「自分がそう呼んでって言ったんじゃん」

「呼んでって言った時に呼んでくれれば良かったのに。今はもう気持ち悪いよ。久野ちゃんって呼ばれた方が涼ちゃんに呼ばれたって感じがするから、久野ちゃんがいい」

「わかった」

「帰ろう」

「大丈夫？」

「うん。お母さんが作った夕ごはん食べて、眠ったら元気になるから」

「じゃあ、帰ろう」握っていた手をはなす。

「自転車乗せて」久野ちゃんは立ち上がり、スカートをはたいてプリーツを直す。

「二人乗りは、生徒手帳没収されるよ」

「そういうの気にする人とは思わなかった」つまらなそうに口を尖らす。

いつもの感じに戻ったけれど、無理をさせているのかもしれない。

「僕は気にしないよ。久野ちゃんのためを思って言ってるんだよ」

「いいよ。気にしないから」自転車まで走り、カゴにカバンを入れて、荷台に座ってしまう。

「ちゃんとつかまってよ」鍵をさし、スタンドを上げる。

跨(またが)ったところで、どうやってつかまってもらえばいいんだと疑問が浮かんだ。女の子と二人乗りなんてしたことがない。姉ちゃんは数に入れない。青野や他の友達は荷台に後ろ向きに乗り、荷台をつかんでいた。久野ちゃんは正面を向いて座っている。荷台をつかむのはバランスが悪いだろう。でも、姉ちゃんは正面を向いて荷台をつかんでいた。

「どこにつかまればいい？」同じように考えたのか、久野ちゃんも僕に聞いてきた。

「ベルト」

「涼ちゃん、ベルト出てないからつかまりにくいよ」

「そうだよね」シャツをズボンに入れてないから、ベルトが隠れている。

「どうする？」

「シャツ」

「引っ張っていいの？」

「良くないかな」

　トマトのシミをつけられ、プールに落とされ、今週は一回もキレイなシャツで帰っていない。

「抱きつく？　薄っぺらいお腹に」

「それは駄目だよ。色々とヤバイ」

「じゃあ、どうするの？」

「こうする」シャツをズボンの中に入れて、ベルトを出す。「はい、つかまって」

「はあい」

　いつもより足に力を込めて、慎重に自転車をこぐ。久野ちゃんを後ろに乗せて、転ぶわけにはいかない。

「涼ちゃんさ、やっぱり、雄基と似てないよ」ベルトをグイグイ引っ張られる。

「何？」

「雄基はもっと真面目だったもん。遊んでても、わたしに合わせてくれてるって感じだった。弟のくせに生意気でしょ」

「僕は雄基君のことをすごいなと思っていて、とても好きだったよ」

「ありがとう」

「あのさ、ベルトはつかむだけにして、引っ張らないで」

駄目だと言えばやるタイプだとはわかっていたが、さっきよりも強く引っ張られる。薄っぺらいお腹に食いこんで痛い。こんなことになるなら、抱きついてもらえば良かった。強く抱きしめられる分にはどれだけ力が入っても痛くない。色々とヤバくても、バスターミナルに送るまでならばどうにかできたかもしれない。

「今日は赤のチェック」

「何が？」

「パンツ」

「何を見てんの？」後ろを振り向きたいが、バランスが崩れそうで向けない。ベルトを引っ張れば、ズボンと背中に隙間(すきま)があく。そこから僕のパンツが見えているんだ。渋い色のを穿くという決意を忘れ、昨日よりかわいいのを穿いてきてしまった。

「あっ！　流れ星だよ」

肩の横に急に右手を伸ばしてきたからビックリした。まっすぐに指差している方を見ると、オレンジ色の空の中に光が落ちていくのが見えた。流れ星にしては、ゆっくりすぎる。

「あれ、きぼうじゃないかな」

「希望？」手を引っこめて、久野ちゃんはベルトをつかみ直す。

「ＩＳＳだよ、国際宇宙ステーション」

「へえ。おバカさんなのに、詳しいんだね」

「父親がそういうの好きだから」

父が僕に電話を直接かけてくるのは、そういうものが見える時だ。日蝕や月蝕の時には細かい時間を教えてくれて、次に見えるのは何年後だから必ず見なさいと言われた。流星群が最大になる日も電話をかけてくる。ＩＳＳのきぼうは、明け方か夕方に日本からも見える日があるから、空を見上げてみなさいと前に言っていた。

「涼ちゃんのお父さんって、ＮＡＳＡなんでしょ？」

「違うよ。誰に聞いたの？」

「アメリカで宇宙の研究してるって」

「宇宙関係の物理学の研究してるけど、ＮＡＳＡじゃないよ」

「なんだ、違うんだ」

残念そうな声を聞いて、ＮＡＳＡってことにしちゃえば良かったと思った。その嘘はいずればれるだろうからマズイ。でも、空で光っているのは、ＩＳＳではないのかもしれないし、流れ星と言って一緒に喜べば良かった。

帰りのホームルームが終わったのと同時に雨が降り始めた。

五時間目まで晴れていたのに、六時間目の授業中に窓の外を見たら、灰色の雲が空を覆って(おお)いた。遠くで雷の音が聞こえた。雲の層が厚くなり、これは来るなと思っていたら、日直が礼と号令をかけた声に最初の雨粒が落ちる音が重なった。

夕立ちかゲリラ豪雨で、すぐにやむと思っていたが、一時間以上が経った今も降りつづけている。

大粒の雨が音を立てて、図書室の窓に打ちつける。まだ五時前なのに、外は真っ暗になっていた。空が白く光り、雷の音が響く。川の向こうの林に落ちたんじゃないかと思えるくらい音が近い。校舎には避雷針があるけれど、図書室の建物にはない。避雷針に落ちますようにと、胸の前で手を組んで祈る。こんなところで、一人で死にたくない。建物の中にいるんだから安全と思っても、近付いてくる音に緊張感が増す。

バスで来たから、掃除当番が終わったら急いで帰ろうと思っていた。ロッカーに置いたままにしている折りたたみ傘があり、雨対策は万全だ。しかし、すっかり忘れていたが、図書委員の当番だった。同じクラスの図書委員の女子に言われて思い出した。サボらないでと三回も言われた。

物理室の掃除を終えて図書室に来たら、文藝部の二年生が三人いた。松ちゃんは、五時になったら閉館の札を出して帰っていいよと伝言を残し、職員会議に行ったらしい。そして、図書委員の女子からも伝言が届いていた。一人で大丈夫でしょ？　と、書いたメモ紙が置いてあった。三回も言ってきたのは、自分が帰るためだったようだ。文藝部の三人は雨がやみそうにないのがわかると、四時すぎに帰ってしまった。その後、本の返却に中学生の男子が一人来たが、他には誰も来ない。

朝のバスで望月と会い、帰りに富君の家に行く約束をした。迷っているような顔をしていたけれど、今日ならいいよと言ってくれた。こんな雨じゃ行かないよね？　と七組に確認しに行ったら、行くと返事をされた。バドミントン部の練習が終わるのを待たないといけない。当番ではなかったとしても、急いで帰るのは無理だった。

雨と雷の音でかき消されてもいいのに、家鳴りの音が聞こえる。雑誌コーナーの上の天井がピシピシ鳴っている。

松ちゃんがいれば、二人で話せた。青野や有村先生のことを考えると、顔を合わせるのは気まずいと思ってしまうが、僕の憧れはそんなことでは挫けない。

青野は今日は休みだ。風邪を引いたと連絡があったと有村先生は言っていたが、仮病だと思う。風邪どころか、頭痛や腹痛とも無縁の男だ。クラスのほぼ全員がインフルエンザを感染し合った時も、一人だけ無事だった。

和尚か誰かの携帯電話に青野からメールが届いていないか聞いて回ってみたけれど、誰にも連絡はなかったようだ。その時に、青野と松ちゃんに関する噂を聞いてしまった。青野が松ちゃんに一方的に言い寄っていたのは前から有名な話だったらしい。涼ちゃんはカムフラージュに使われていたのに、気がつかなかったの？　と何人かに聞かれた。望月もかわいそうだよなとも言われた。かわいそうと言われてしまうことがかわいそうに思えた。

空がまた光り、雷が鳴る。近くに落ちたのか、図書室の電気が全て消えた。暗闇の中でノートパソコンだけが点いたままだ。

雷の時はパソコンの電源を落とした方がいいと聞いたことがある気がする。落としちゃっていいのだろうか。まずは図書室の電気を点けるためにブレーカーを上げるのが先だろうか。ブレーカーは司書室にあり、鍵がかかっている。でも、落雷が原因で停電しているならば、ブレーカーの問題ではない。

どうしていいかわからずに図書室の中を一人で歩き回る。冷房も切れてしまい、汗が湧き出てくる。松ちゃんが様子を見にくるかもしれないし、ヘタに動かない方がいいと決めて、カウンターに戻る。

パソコンの明かりを頼りに連絡帳を書く。当番の欄にサボった女子の名前も記入しておいてやった。松ちゃんが戻ってきた時にわかりやすいように別の紙に、停電した時間や状況を細かく記録する。

五時になっても松ちゃんは戻ってこなかった。連絡帳の上に停電の記録を書いた紙を置き、閉館の札を出して図書室を出る。

傘を開いて外に出ようとしたところで、目を疑った。目の前にある建物の電気が点いていた。野球部の屋内練習場だ。

近付いて行き、窓から覗きこむ。中を見るのは初めてだった。筋トレ用の機械が並ぶ端っこで、西澤が一人で素振りをしている。投げるのはうまくなったけれど、打つのはまだ苦手なようだ。ゆっくりと身体を動かし、体重移動を一つ一つ確認していた。

「何してんだよ」西澤は覗かれていることに気がつき、僕の前まで来て窓を開ける。

「一人なのか？」

「部活は休みだからな」

「休んでる場合じゃないだろ」

「各自で身体のメンテナンスしておけってことで、遊ぶための休みじゃねえよ」

「お前も休めよ」

「オレは必ず試合に出られるわけじゃないから。チャンスがあった時のために備えておきたい。中に入れば」

「なんで？」

「そのまま帰れないだろ。どこ歩いてきたんだよ」僕の足下を指差す。

図書室から十メートルくらいしか歩いていないのに、ズボンの裾が泥だらけになっていた。覗いている間に泥が跳ねたようだ。革靴の底が薄くなっているせいで、靴下まで水が染みこんでいる。

「入りたくない」

野球グラウンドも練習場も中学生の時は憧れていた。いつかあそこで練習するんだ、内部生でもレギュラーになるんだと、中学一年生の夏休みくらいまでは思っていた。

「風邪引いて応援出られないとか言われるのは困るんだよ」

「風邪引かなくても、応援なんて行かねえよ」

「いいから入れよ！」

「しょうがないから入ってやるよ！」

練習場に入り、入口横に置いてあるベンチに座る。柔剣道場と同じような汗がこもったにおいがする。整理整頓と大きく書かれた紙が貼ってある。毛筆体の印刷かと思ったら、誰かが墨で書いた字だった。道具は棚の中に分類されて、きちんと収まっている。
西澤はカバンからタオルを出し、僕に向かって投げる。受け取ってズボンの裾を拭く。どこかで見たことあるタオルだなと思ったら、久野ちゃんが持っていたのと同じ八百屋の名前が入ったタオルだった。こんなものはどこの家にでもあるもので、お揃いというわけではないのに、破り捨ててやろうかと思った。靴下を脱ぎ、丸めてカバンの中に入れる。

「こんな時間まで何やってたんだよ」首に巻いたタオルで汗を拭きながら、西澤は隣に座る。

「こんな時間ってほどじゃないだろ」

「部活やってない奴はとっくに帰ってる時間だろ」

「図書委員の当番だよ。普通クラスは委員会活動もやらなきゃいけないからな」

「体育クラスだって委員会くらいやってるよ」

「名前置いてるだけだろ」

図書委員は体育クラスも贔屓なしで当番を回すと決まっているが、放課後当番にはいれないという暗黙のルールがある。昼休み当番も公欠で入れなかったりするので、結局は贔屓されている。委員長や副委員長という役職を任されることもない。どの委員も同じように、体育クラスも平等と言いながら、密かに気を遣っている。

「ここ、電気どうしたんだ？」西澤に聞く。

「何が？」

「停電しなかったの？」

「してないよ」

「他は停電してんだろ。図書室は全部が消えたぞ」

タオルで足を拭く。指先が冷えているのを包みこんで温めたら、今度は額から汗が溢れ出た。空調の機械はあるが、スイッチにガムテープが貼られ、冷房は使用禁止とマジックで書いてあった。

「それ、逆じゃないか？　図書室だけ消えたんだよ。校舎の電気点いてるし。こっちも向こうも」窓の外に見える高校校舎を指差し、反対側の窓の外に見える中学校舎を指差す。

授業が終わっているから、大半の教室は電気が消えているけれど、職員室や部活に使われている教室の電気は点いている。図書室の建物だけ電気系統が別なのかもしれない。暗闇に震えていたのは、学校中で僕だけだったんだ。

「話が戻るけど、オレだって、好きでこの学校に入ったんじゃない」西澤は頭にタオルを巻き、後ろで結ぶ。「贔屓されるのはありがたいけど、妬まれるのはいい迷惑だ」

「じゃあ、どうして入ったんだよ」

「愛美ちゃんのためだよ」

そう言った横顔がかっこ良すぎて、寒気がした。鳥肌が立ったのを肩を揺らして散らす。

「お前が久野ちゃんをこっちに呼んだのか？　一応言うが、何があったかはなんとなく知っている」

「なんとなくって？」

「どこまで知ってれば、知ってるって言っていいかわからないからな。なあ、雄基君が飛び下りたってどういうことだ？」

「教えねえよ」

「教えろよ。いいのか、このままだと久野ちゃんはもっと傷つくかもしれないぞ。何も知らずに傷つけたくないんだよ。オレは久野ちゃんから離れる気はないからな」

　今の僕もかっこ良かった。オレって言っちゃったし。僕はオレと言うと、どうしても子供が粋（いき）がっているようになってしまって似合わない。今のオレはいい感じで言えた。

「離れる気がないなら、それなり以上の覚悟をしろよ」西澤は僕の目を見る。「オレは彼女のためにこの高校に入って、彼女が卒業するまで見守るって決めたんだ。愛美ちゃんはオレに対してそんな気持ちは全然なくて、オレを好きになることはないってわかっているのに、他の女に告白されても断るしかできない」

それは何か間違っているんじゃないかと思ったけれど、意志の強さは伝わってきた。自分に対してかっこいいと思った気持ちがあっという間に撤回された。

「覚悟はしてるよ」

覚悟なんてできているかはわからないが、とにかく久野ちゃんと一緒にいたい。大きく口を開けて笑っていてほしい。そのためには知らないといけないことがある。

「暴行事件のことは知ってんだろ？」

「そこで何があったかは知らないけど、そういうことがあったっていうのは聞いた」

「オレだって、実際に何があったかは知らねえよ」

「知ってることを教えてほしい」

「土下座しろよ」口調が変わり、声が低くなった。

「調子に乗ってんなよ」睨んだら、睨み返された。視線を外したら負ける。

「そこで土下座しろ。そしたら教える」

「予選期間中にここで殴られたいか？　生徒指導室に呼ばれるくらい怖くねえぞ」親を呼ばれても、母に事情を話せばわかってくれるだろう。

「冗談だよ」目を逸らし、西澤は息を吐く。「雄基が中学一年のちょうど今頃に始まったらしい。あの年、あの学校の高校野球部は夏の予選で初戦敗退してんだよ。負けるはずがない学校に負けた。自分達が出るつもりだった試合が進んでいく中でストレスが溜まったんだろうな。学校が調査して後になってわかったことだけど、最初は雄基だけがターゲットにされたわけじゃなかった。野球部の寮に住んでいる中学生全員が何かしらの暴行を受けた」

「ちょっと待て、お前と雄基君はいつから知り合いなんだ？」

リトルリーグで雄基君がいたチームと練習をした時には二軍や三軍もいたけれど、試合をしたのは一軍だけだ。小学生の時に西澤と雄基君が話していたとは思えない。

「オレが中学一年の時だよ。夏休みに部活が休みの日にリトルリーグの練習に顔を出したら、ちょうど雄基のチームが合宿に来ていた。オレは憶えてるけど、向こうはオレのことなんて憶えてないだろうなと思ったら、憶えてくれていた。中学の野球部はどうですか？　って声をかけてきた。その時に連絡先を交換して、たまにメールをしていた」

「なるほど、つづけて」

「雄基は他の誰よりも小さいのに、泣き言を言わないから徐々にターゲットとして絞られた」

「寮に住んでいた野球部の友達は知ってたんだよね？　自分達だって受けてたんだから」

暴力が通過儀礼のようになってしまっている学校ならばどうしようもないが、そうではないならば何か手は打てなかったのだろうか。

「知ってても言わないだろ。自分が標的にされるのは怖いからな。オレだって、小学生の時にリトルリーグでいじめに遭ったけど、誰にも言えなかったし、誰も助けてくれなかった」

「えっ？　いじめられてたの？　誰に？」

「お前にだよ」

「いじめてないよ」と言いながら、心臓が大きく跳ね上がるのを感じた。

犯罪者が捕まる時って、こんな気持ちかもしれない。自分がした悪事が頭の中で蘇り、何も考えられなくなる。血液が目まぐるしく回る音だけが聞こえる。

三軍に落ちたと言ってバカにすることも、自分達が一軍だからと言って二軍や三軍を眼中に入れないのも、交流会でこき使って自分達は遊んでいるのも、西澤から見たらいじめだったんだ。今になって、客観的に考えれば、いじめだったと僕にもわかる。しかし、小学生の時は、仲がいい友達とからかい合って遊んでいる延長ぐらいにしか考えていなかった。何を言ったかなんて憶えていないが、酷いことを言った記憶もある。二軍と三軍が試合をしているのを見ながら、コソコソ笑ったりもしていた。

「どうせ憶えてないだろ」

「土下座しようか？」

「もういいよ。謝られても許すつもりはないから」

「ごめん」

「愛美ちゃんは引っ越すならば、おばあちゃんの家が近いからこの学校にするって決めていた。オレもスポーツ推薦の話をもらえていたけど、お前がいるっていうのはどうしても嫌だった。でも、すぐ近くにいて、甲子園に出るのが一番の復讐(ふくしゅう)って思いついた」

「本当にごめんなさい」吐き気がする。空腹のせいか、ゲップだけ出た。口の中に留めて、そうっと吐き出す。

「だから、謝っても許せないから」

「そうだよね」

「どうする？　もう話さなくていい？」

「いや、先をお願いします」

「どこまで話したっけ？」

「あの、徐々にターゲットとして絞られたってところです」

思わず敬語になってしまう。悪いことをしたんだとわかっているし、謝ってもどうしようもないこともわかるが、どうにかして許してもらいたい。

「同じ部活の奴はもちろん、クラスメートも何も言わなかった。中学から野球がうまい奴を引っ張ってくる学校だから、うちの学校よりもスポーツは盛んだ。関われば自分達にも傷がつく。スポーツと関係がない生徒は気がついても興味を持たない。それがどういう感じかわかるよな?」

「そうだね。体育クラスに何があっても、僕達は興味ないもん」

自分のテンションを調整できなくて、張り切って答えてしまった。悪事を指摘された苦しさと雄基君の話に対する恐怖心が、心の中で入り乱れている。

「特別扱いされる生徒に妬みもあったんだろうな。いい気味って思っていたって、後になって言った奴もいた」

そう思うと、うちの学校みたいに徹底的に線を引いてしまっているのは、いいシステムなのかもしれない。妬みは感じても、自分達とは関わりがないと思えてしまうから、何かしようとか不幸になればいいとかは思わない。僕は西澤に対して思っていたが、それは特例であり、その気持ちも今日までだ。応援はできないけれど、悪い感情はもう持たないようにする。

でも、逆に体育クラスの中で何かあっても、僕達は気がつきもしないし、助けようなんて考えもしない。

「寮の三階にある高校一年生の部屋がいつも使われていた。殴られても蹴られても、雄基は耐えつづけた。ただ、その日は高校二年生の部員が同級生に借りたナイフを持ち出した。それを見た瞬間に逃げ出して、雄基は三階の窓から飛び下りた。幸いって言ったらおかしいかもしれないけど、自転車置場の屋根がクッションになって命は助かった。普通の人間はお前みたいに飛び下りれないからな」

「僕だって、三階は無理だよ。二階が限界だよ」

三階から飛び下りたことなんてないけれど、自分にできないことは感覚でわかる。

「それでも、右半身を強く打って右腕の骨と鎖骨が折れた」

「泣いてもいいですか？」

「駄目だよ」

「でも」

何かに触れていないと、身体が震えそうだ。西澤のTシャツの袖を摑みたくなったが、やめた。膝の上で両手を握りしめる。

「こんなところで泣くな！　愛美ちゃんが辛い思いをしたのは、その後だ。ちなみに、事件の後の冬休みにオレは宮城まで雄基のお見舞いに行って、初めて愛美ちゃんと会った」

「中学二年生の久野ちゃんを知ってるんだ。かわいかった？」

「かわいかった。あんなにかわいい女の子が世の中にいるんだって、ビックリした」

「いいなあ」

「そういう話をしてるんじゃないよな？」

「すいません。つづきをお願いします」

「精神的なこともあって、雄基は二月の終わりまで入院していた。その間に転校の手続きをした。震災が起きたのは、やっと退院して新しい中学校で春から頑張ろうって思っていた時だ。仙台市内でも被害が少なかった辺りだけど、余震もあったし、停電や断水がつづいた。一時的に避難して家に帰った後、雄基は愛美ちゃんにくっついて部屋から出なくなった。外に出ようと言う母親に暴力を振るうようになった」

「その話はどこで聞いたの?」

「震災後、去年の夏休みに仙台へ行ったし、愛美ちゃんのお母さんからも聞いた」

「そうなんだ」

西澤は久野ちゃんの家族が一番大変だった時にそばにいて、信頼されているんだ。

「愛美ちゃんだってその時は中学二年生だったからな。三年生になって夏になる頃には、彼女が壊れてしまった。言っていることや行動を自分でコントロールできなくなって、いじめにも遭ったらしい。オレが会いに行った時は元気そうにしていたけど、元気すぎて心配になった」

僕は倒壊した建物を見たわけでもないし、友達や親戚が亡くなったわけでもない。それでも、去年の三月十一日以降は精神的に圧迫されているように感じる日がつづいた。

雄基君が事件に遭い、ここよりずっと被害が大きかった仙台で震災に遭い、久野ちゃんがどんな思いをしていたかなんて、僕には想像できない。彼女自身が誰かに頼りたかった時に、誰にも頼れずにいたんだと考えたら、胸が張り裂けそうになった。

「雄基君はどうしてるの？」

「今も部屋に引きこもってるよ。雄基がこっちに来た方がいいって最初は話していたけれど、無理だった。お父さんと近くに住むおばあちゃんが面倒を見ている。あと、ボランティアの人にも頼んでいる。愛美ちゃんも最後の最後まで、こっちに来るのは嫌だって言っていた。でも、彼女の人生が駄目になってしまうから、みんなで説得した」

「ありがとう。帰るな」

泣きたいのか、吐きたいのか、叫びたいのか、どうしたいのかがわからない。ただただ辛い。

ズボンの裾を捲り上げて、練習場を出る。雨はまだ降っていた。図書室の電気は消えたままだ。

「涼ちゃんだ。何やってるの？」

前から久野ちゃんが歩いてきた。赤い傘をさしている。水を跳ねさせて、僕のところまで走ってくる。

「野球部の練習場見せてもらってた。久野ちゃんは何してたの？」

「学食でクラスの子達と話してた。西澤君ってまだいるよね？」練習場を指差す。

「西澤と約束してるの？」

「うん。自主練だけで早く終わるって言うから。おばあちゃんの家に行くんだ。みんなでごはん食べるの。涼ちゃんも来る？」

「ううん。僕は約束があるから」

「女の子？」

「うん」

「そっか。じゃあね」

「じゃあね」

久野ちゃんは僕に手を振り、練習場に行ってしまう。

昇降口に行ったら、下駄箱の前に望月が一人で座りこんでいた。扉を開けて中に入ると、ゆっくりと顔を上げて僕を見た。目つきも全身から発するオーラも怒っている。五時には部活が終わると言っていたから、五時十五分に昇降口で待ち合わせという約束だった。もうすぐ五時半になる。

「ごめん」

「ごめんで済むと思ってんの？」立ち上がり、僕の方に来る。

「練習終わるの早くない？」

他の運動部は六時くらいまで練習している。

「バドミントンで遊んでるだけの部活なんで。今はそういう話じゃないよね？　あんたが遅刻したのが悪いんでしょ」

「すいません。今後は気をつけます」

「人生やり直した方がいいんじゃない？　遅刻と浮気は治らないらしいよ。死ぬまで遅刻しつづけて、人に迷惑かけつづけて、それでいいと思ってんの？」

「青野は浮気したんじゃないと思うよ」

機嫌が悪いのは、僕の遅刻以上に青野の噂が原因だろう。望月だって、時間に正確な方ではない。遅刻しそうになると、お父さんかお母さんに駅まで車で送ってもらっている。僕が自転車を走らせている横を望月家のシルバーのカローラが走り去っていく。

「向こうが本気で、わたしが浮気だったんじゃない？」

「どうなんだろうね。僕は何も知らなかったんだよ」

「わかってるよ。それよりさ、傘貸して」僕の手から折りたたみ傘を奪い取ろうとする。

「駄目だよ。持ってないの？」

「持ってないから言ってんじゃん。涼太は濡れて帰ればいい」

「すごい降ってるよ。富君の家に行けなくなるよ」

勢いが衰えないまま、雨は降りつづけている。景色がぼやけて、正面に建っている二号館校舎が遠くにあるように見えた。

「既に無理っぽいけどね」僕の格好を上から下まで見る。

裸足で、ズボンの裾を捲り上げ、ワイシャツは汗と雨で濡れている。こんな格好で遊びにいけるのは、青野の家くらいだ。前は富君の家も大丈夫だったけれど、今日の趣旨を考えるとマズイ気がしてきた。

「やっぱり、やめておく?」

「行こうよ。もう行ける時ないよ」

明日は予定があると望月は朝のバスで言っていた。明日だと、一人で行かないといけなくなり、それは避けたい。夏休み前に一回は学校に来ないと退学という噂が本当ならば、残りは明日と終業式しかない。一日でも早く行った方がいいだろう。

「じゃあ、相合傘で」

「ええっ」不満そうにしながら、望月は僕の横に立つ。

小さい傘なので、相合傘をするには窮屈だ。くっつきすぎたら怒られるだろうから、望月のために傘をさしているような格好になる。僕の左半身と左肩にかけたカバンは濡れている。

グラウンドを通り、正門から出る。車が跳ねた水がかからないように立ち位置を替えさせられた。僕が車道側を歩く。今度は右半身が濡れて、右肩にかけ直したカバンは更に濡れる。

「花火大会、どうするの？」通り沿いにある掲示板を見て、望月が言う。

夏祭りのお知らせと花火大会の案内のポスターが並んで貼ってあった。

「行かないと思うよ」

青野の家の屋上で見るのが毎年の恒例だが、それぞれに女を誘うと息巻いているし、友達同士で見る年齢じゃないという話が出るようにもなっていた。主催者である青野が望月と行くと言っていたから、今年はみんなでは見られないんだなと思っていた。

久野ちゃんを誘いたいけれど、そういう段階ではない。他の女の子ならば、当たって砕けろと思えるかもしれないが、慎重に話を進めたかった。

「青野と約束してたんだけどな」望月が言う。

「別れるの？」

「別れるんじゃん。メールも電話もないもの」

「青野も同じこと言ってたよ」

「この前のことだけだったら、わたしから連絡した方がいいのかなって思うけど、噂を聞いちゃったから」

「いつ？」

「今日。みんな優しいよね。知らないとかかわいそうだからって。付き合う前は誰も教えてくれなかったのに。青野とわたしの仲が危なそうってなったら、教えてくれた」

「そうなんだ」

「わたし、かわいそうなんだって」

望月は僕のシャツの裾を摑んで立ち止まる。そして、いきなり泣きだした。迷子になった子供のように上を向き、声を上げて泣く。涙と同じくらいの量の鼻水も流れ落ちる。シャツを強く引っ張ってくる。

子供の頃もよくやっていたなと思い出した。公園に行って知らない友達がいた時や、遠くまで遊びにいって暗くなってしまった時に、僕のシャツを摑んでいた。不安になった時の癖だ。

「かわいそうじゃないから、大丈夫だよ」

「セックスしていたら、青野はわたしを選んでくれたのかな」

「そんなこと言うなよ」

「わたしとはセックスするために付き合ったのかな」

「噂のことはよくわからないけど、青野はそんな奴じゃないよ」

「涼太がそう言うから信じたのに」

「そうだよね。ごめんね」頭をポンポンと軽く叩く。

「優しくするな。気持ち悪い」シャツを摑んでいるのとは反対の手で僕の肩を何度も叩いてくる。

一発は痛くなくても、何発も叩かれると痛い。文句を言いたいけれど、今は望月がしたいようにさせておく。

青野と望月のことだし、僕には関係がないと思っても、無視して放っておくわけにはいかない。僕だって、青野がこういう裏切りをするとは思っていなかった。僕と望月が幼なじみで、それなりに大切に思い合っていることをわかっているはずだ。

「夏休みは二人で遊びに行けると思っていたのに。ゲームだって、話が合うように頑張ったのに」

「そうだね。望月はよく頑張ったよ」

「頑張ったからって、駄目なもんは駄目なんだよ」

誰かに見られたら、また望月が何か言われちゃうなと思っていたら、正門から久野ちゃんと西澤が出てきたのが見えた。

久野ちゃんがさしていた赤い傘を西澤が持ち、二人で入っている。冷やしたらいけない右肩が濡れるのも気にせずに、西澤は久野ちゃんが濡れないように傘をさしていた。何を話しているのか、久野ちゃんは笑っている。雨ではっきり見えないけれど、楽しそうにしているのはわかった。

ぼんやりと二人を見ていたせいで、向こうも僕達に気がついたようだ。立ち止まり、こっちを見ている。

「とりあえず駅まで行こう」望月の手を引いて、歩かせる。

二人が一緒にいるところは見ていたくない。話しかけられても、いつもみたいには話せない。

「ごめんね」涙を手で拭う。

「手で拭くなよ。鼻水も出てるし」カバンからハンカチとティッシュを出して渡す。

「ありがとう」手をはなし、涙と鼻水をハンカチでまとめて拭き、鼻をかむ。一度落ち着いて、また泣き始める。

何で湿っているかよくわからないハンカチを返され、僕も泣きたくなってきた。立ち止まってしまったので、手を引く。

遠くの空が光り、雷の音が聞こえた。

バスに乗って富君の家に向かっている間も、望月はずっと泣いていた。

うちの学校の生徒が何人か乗っていて、他にも買い物や仕事帰りの人で混んでいた。つり革につかまって泣いているのを全員が見ちゃいけないけれど気になるという目で見ていた。僕が泣かしたように思われたら困るから、ハンカチやティッシュを差し出しつづけて、優しい友達であることをアピールする。しかし、望月は優しくされると辛いと言い、更に泣いた。

　今日は家に帰らせて、富君の家には僕が一人で行った方がいいかもしれないと思っていたら、バスを降りたのと同時に泣きやんだ。

「ちょっと待って」望月はバス停のベンチにカバンを置く。

　涙も鼻水も出せるだけ出してすっきりしたのか、鏡とハンカチを出して、顔をチェックしている。

　望月が濡れないように僕は横に立って傘をさす。アイドルの付き人にでもなったような気分だ。バスに乗っている間に少し乾いたのに、シャツもズボンもまた濡れていく。

「まだ？」

「どうしよう。顔洗いたい。目が腫れてる」

「上向けば洗えるよ。天然のシャワーだよ」傘を外せば、顔だけならば一瞬で洗えてしまう。

「はあっ？」腫れた目で僕を見る。目つきがいつも以上に怖い。

「充分かわいいから、早く行こうよ」

　顔を洗えるような場所は公園のトイレしかない。あまりキレイではないから、そこに連れていったらまた怒られるだろう。

　駅前でマックにでも寄って、落ち着いてから来れば良かった。僕もコンビニかスーパーで靴下だけでも買えば良かったなと思ったが、二百円しか持っていない。バスを待っている間に、望月にジュースでも買ってこようと思って財布を見たら、百円玉が二枚しか入っていなかった。これを使ってしまうと、明日の僕のジュース代がなくなってしまう。奢(おご)ろうなんていう親切心は簡単に引っこんだ。

「いいよ。行こう」

髪の毛を整えただけで大して変わったようには見えないが、本人がいいと言うならばいいのだろう。せっかく整えた髪の毛も雨と風のせいで、すぐに絡まっていく。

「こっち」

富君の家はバス通りに面していて、バス停から一分もかからない。僕の家と望月の家は、ここからバス停で二つ先だ。この辺りは十五年くらい前にできた住宅街で、建売の似たような家が並んでいる。

「ここ」富君の家の前で立ち止まる。

「近いね」

「うん」

「張り切ってどうぞ」望月はインターフォンの下に手をかざす。

押そうと思って人さし指を向けたところで、誰かに両肩を上から押さえられているように身体を重く感じた。振り返っても誰もいないし、霊的なものでもないだろう。僕の気持ちの問題だ。

富君に会って何を話すか決めていなかった。目の前まで来ているくせに、何をしに来たんだろうという疑問が湧く。学校をやめないでほしいから来たなんていうのはキレイごとで、僕が原因で学校に来なくなったわけじゃないと言ってもらいたいだけだ。自分が悪くないならば、いじめが原因でも孤立していると感じていたのでも、どっちでもいい。富君がこのまま退学になっても僕の生活に支障はないし、むしろすっきりするような気もした。

「どうするの？　押さないの？」望月が言う。

「明日にしない？」

「明日、部活のカラオケ大会なんだよね」

「終わるの待ってるよ」

明日で授業が終わりだし、僕も放課後は遊びにいきたい。ただ、それも青野次第だ。

「気軽に歌っていられなくなるじゃん」

「そういう言い方する？」

「さっさと押しなさいよ」

「心の準備ができてないんだよ」

「ここまで来て何を言ってんの？」

「ここまで来て気づいたんだよ」

「わたしが押そうか？」

「ちょっと待ってよ」

揉めている声が聞こえたのか、玄関のドアが開いた。細く開けたドアの隙間から富君のお母さんが顔を出す。

「涼太君、久しぶりね。どうぞ、中に入って」

ドアを大きく開き、富君のお母さんは僕と望月を招き入れる。通りかかっただけですなんて嘘をついても説得力はないだろう。

「お邪魔します」彼女は隣のクラスの望月さんです」促されるまま玄関に入って、二人で並んで立つ。

「いらっしゃい。どうぞ上がって」

「いや、ずぶ濡れなんで、ここで結構です」

「いいのよ。掃除すればいいんだから、気にしないで。でも、風邪引いたら大変よね。今、タオルを持ってくるから待ってて」

「あの、お構いなく」

富君のお母さんは洗面所に行ってしまう。望月はキョロキョロと顔を動かし、家の中を見回していた。下品なことはするなよと思いながら、僕も見回してしまう。何度も来ている家なのに、違和感を覚えた。前と違うと感じたのではない。前と同じなんだ。

　不登校の息子を抱えて、もっと荒廃した家を想像していた。それなのに、玄関の花も、揃えて置かれたスリッパも、甘いお菓子を焼いている香りも、何もかもが前と変わっていなかった。掃除も完璧で、階段の手すりやフローリングの床が光っている。荒廃は大袈裟だとしても、もっと疲れているような形跡があるものだと予想していた。富君のお母さんもキレイなままで、身体のラインがわかる黒いワンピースを着ている。まるで僕達が来ると知っていて、準備していたかのようだ。

　有村先生には四時間目の数学の後に今日の放課後に寄ってみますと伝えたが、気が変わるかもしれないとも言っておいた。雨が降り始めたので、どうするか望月と相談してみますと帰りのホームルームの後にも伝えた。先生から連絡があったということもないはずだ。

「どうぞ、これを使って」白いバスタオルを二枚持って、富君のお母さんが戻ってくる。

「ありがとうございます」

　僕が二枚受け取り、一枚を望月に渡す。手触りが気持ちいい柔らかいタオルで、輸入雑貨のお店のような甘い香りがする。汚してしまうのは悪い気がしたが、髪の毛と足を拭かせてもらう。

「靴下はどうしたの？」

「すいません。この雨で濡れちゃって」

「新しいのあるから、後で出しておくわね」

「気にしないでください。どうせ帰る時に濡れるんで」

靴下を借りてしまったら、また返しにこないといけなくなる。

「雨、すごいものね。帰る頃には主人が帰ってくるから、車でお家までお送りするわね」

「近いんで、歩いて帰れますから」

バス停二つ分だから、歩いても十五分かからない。それだけの距離を前は送ってもらっていた。

車は黒のレンジローバーだ。うちは母と姉ちゃんの買い物用の赤いパッソしかない。その広さも大きさもかっこいいなといつも思っていた。

青野の家の完全放置とは違い、富君の家に遊びにきた時にはおやつをご馳走になり、夕ごはんもご馳走になり、家まで送ってもらった。お母さんは優しくてキレイだし、ビーフシチューやハンバーグがおいしくて羨ましいなと思い、楽しみにしていた。でも、今日は構われたくない。

「暗くて危ないから、乗っていきなさい。ヒロ君を呼んでくるから待っていてね」二階に上がっていく。

富君の下の名前は浩樹で、お父さんとお母さんにはヒロ君と呼ばれている。

「車、なかったよね？」望月が小さな声で言う。

「お父さんが乗っていってるんじゃん」

「そっか」

二階から何か話している声が聞こえてくる。会いたくないとか言われるのかなと思っていたら、おやつの相談をしていた。午前中に焼いたクッキーとデパートで買ったマカロンのどっちがいいか話している。

「どうぞ、ヒロ君の部屋に上がって」話がまとまったらしく、富君のお母さんは階段を下りてくる。「飲み物は涼太君はオレンジジュースでいい？　望月さんはどうする？　女の子は温かい飲み物の方がいいかな。紅茶にしようか」

「はい。紅茶をお願いします」

「お邪魔します」

断っても逃げられそうにないと意を決して、上がらせてもらう。スリッパを履き、二階に上がる。望月も僕の後についてくる。

二階の右手に富君の部屋はある。ドアが閉まっていた。ノックした方がいいかなと思っていたら、中から開いた。

「どうぞ」富君が顔を出す。

玄関に入った時と同じ違和感を覚えた。富君も前と変わっていない。少し痩せた感じはあるが、中学生の時のふっくらした感じは他のみんなもなくなってきていて、その範囲と思える程度だ。

髪の毛が伸びきっていたり、すごく痩せてしまっていたり、逆に太っていたり、顔色が悪かったりしているのを想像して、それでも驚いてはいけないと思っていたのに、何も変わっていなかった。髪の毛は散髪に行ったばかりのように切り揃えられている。アイロンがかかった水色のシャツにチノパンを穿き、服装もちゃんとしている。

ずぶ濡れで、髪の毛もボサボサになっている僕と望月の格好の方が酷かった。

考えてみれば、富君は不登校というだけで、引きこもりとは誰も言っていない。学校には来ていなくても、カーテンが毎日閉まったままでも、外に出ているのだろう。

ただ、表情は変わった。目つきがきつくなった。周りの空気も澱(よど)んでいるように見えた。前は柔らかく笑っていて、朗らかな雰囲気に包まれていた。

どうしたらいいかわからなくなり、富君の顔を見つめたまま、固まってしまう。

「入りなよ」富君が言う。

「うん」

声も違うように感じたけれど、前はどんな声をしていたか思い出せなかった。

「望月さんも来たんだ」

「久しぶり」固まっている僕をよけて、望月は部屋の中に入り、ソファーに座る。

僕も部屋の中に入り、望月の隣に座る。部屋の中も前のままだ。机の上にノートパソコンが置いてあり、本棚には画集や音楽関係の本が並んでいる。お父さんに譲ってもらったスピーカーがソファーの正面に置いてある。兄弟がいないので、お父さんが使わなくなったオーディオやパソコン周りの機械は全てが富君のものになった。遊びにきた時には、このスピーカーにパソコンを繋いで映画を見た。青野や他の友達とだったら、高音質でエロ動画を見ようとはしゃぐところだ。でも、富君にそんなことは言えず、フランス映画を見て、僕は途中で寝てしまった。

「久しぶり。青野と付き合って、別れたの？」机の前の椅子を持ってきて、富君は僕と望月の正面に座る。

「どうして知ってんの？」望月が言う。

「ネットで見た」

「そんなのどこに書いてあったの？」

「うちの学年の誰かがやっている秘密の掲示板みたいなの。内部生叩きが多いから外部生じゃないかな。ネット見てて、偶然見つけた。学校で僕がなんて噂されているかもだいたい知ってるよ」

そんなものが今も存在しているとは思わなかった。学校裏サイトは中学生の時に一時的に流行ったけれど、書き込みの内容で誰がやっているかばれて、すぐに廃れた。僕は姉ちゃんに頼みこまないと家ではパソコンを使えないから、青野の家で何度か見ただけだ。二人か三人、同じ奴がいつも書き込みをしていて、おもしろいことは何も書いていなかった。

「そうなんだ。それは話が早いね」望月は感心しているような顔で頷いていた。

「そういうことじゃなくない？　叩かれてんだよ」僕が言う。

「親切面して、わたしに直接言いにくるよりもいいよ」

「親切面って、自分達のことじゃないの？」富君が言う。「親切面して、僕の様子を見にきたんでしょ？」

望月は僕の方を見る。何か言えとアイコンタクトを送ってきた。何も言えることがないとアイコンタクトを返す。

「そうだね。そういうことだね」大きく頷き、望月は手を叩いて引きつった笑顔を浮かべる。

「そうだよね」真似するように富君も手を叩くが、笑顔にはならなかった。

喋り方が淡々としているから違うように感じたんだと気がついた。あいさつも質問も、僕達を責める言葉も同じリズムで話して抑揚がない。表情も変わらなかった。まばたきしていないんじゃないかと思えるくらいに、目を逸らさずに僕と望月を見ている。

ドアをノックする音が聞こえた。僕がソファーから立ち上がり、ドアを開ける。

「ありがとう」富君のお母さんがお盆を持って部屋に入ってくる。「どうしたの？　楽しそうな声が聞こえたけど」

テーブルの上に置かれたお盆には、オレンジジュースが入ったグラスが三つとティーカップとソーサーが三セット、大きなティーポット、クッキーと濃いピンク色のマカロンが並んだお皿が載っている。ストローも三本ある。ティーセットとお皿はお揃いの赤い花柄で、ドイツで買ったアンティークの一点ものだ。前に富君が言っていた。

「いいよ。お母さんは下に行っていてよ」

富君の表情が歪む。前に遊びにきた時も同じことを言っていたが、その時は照れているという感じで顔は笑っていた。今は本気で鬱陶しいみたいだ。

「紅茶だけ淹れちゃうから、待って」カップに紅茶を注ぎ、それぞれの前に置いて、富君のお母さんは部屋を出ていく。

階段を下りる音を確認するように、三人とも黙る。足音が聞こえなくなり、望月はストローを使わずにオレンジジュースを飲み干す。空になったグラスの中で、氷の音が響いた。紅茶も飲もうとしてカップを手に取ったが、熱いと小さな声で言い、ソーサーの上に戻す。口は閉じたまま、鼻から息を吐き出す。

「学校、どうするの？」僕が聞く。

「どうしようかな？」マカロンを手に取り、富君は首を捻る。

「僕も噂しか知らないけど、どうなってんの？」

「有村先生がたまに来るんだけど、会うと説教されそうだから僕も話は聞いてなくて、よくわからないんだよね。噂ほどヤバイ状況じゃないよ。一学期中に行かなくても、夏休みに課題やって補講受ければどうにかなるんだって」

「そうなの？」

「でも、補講行きたくないんだよな」前歯だけ使い、マカロンを少しずつ齧る。ピンク色の欠片が落ちていく。

「補講行かなかったら、どうなるの？」

「それはその時に相談だって。うちの学校で僕みたいな生徒っていないから、先生達も困ってるらしいよ」

「そうだろうねえ」

富君の淡々とした口調に僕も合わせてしまう。何を話しているか見失いそうになる。話し方は前からゆったりしていた。切羽詰まっていたとしてもこうなんだと思っても、悩んでいる辛さや苦しさは感じられなかった。久野ちゃんの話を聞いた後で、僕自身の感覚もずれているんだと思っても、深刻に考えられない。今の雄基君が実際にどういう状態かはわからないが、同じ不登校なのに、富君の状況は軽く見えた。

望月は何も言わずにマカロンとクッキーを交互に食べつづけている。少し冷めた紅茶を飲み干し、自分でおかわりを注ぐ。

「どうして、学校に来なくなったの？」

「どうしてっていうこともないんだよね。ゴールデンウィークに美術館に行ったじゃん。混んでたし、暑かったせいか、帰ってきたら熱が出て、二日間くらいは体調が悪かったんだよ。三日目には良くなったんだけど、学校行くの怠いなって思って。お母さんにそう言ったら、休んでいいわよって言われて。そのまま行く気がしなくて、気がつけば二ヶ月経ってた」

「お父さんやお母さんは、学校に行けとは言わなかったの？　有村先生が来て、ヤバイっていうのはわかってたんだよね？」

「有村先生が来た時にはヤバイって思ったけど、お母さんもちょっとおかしいから」

「そう、かな」そうだねと言いそうになり、どうにか軌道修正した。

うちは汚すぎると思うが、富君の家のキレイさは異常だ。前はいつも掃除が行き届いていてすごいなと感じていたけれど、息子がこういう状況でもいつも通りに保つなんて、どこかおかしくなっているとしか思えない。掃除は性格の問題だと思えても、僕達に対する態度も前と同じというのは気味が悪い。

「お父さんはまたヨーロッパに行ってんだ」富君が言う。

「そうなの？　主人が帰ってきたら、車で送るわねって言われたよ」

「だから、ちょっとおかしいんだって。車も売っちゃったからもうないしね」半分食べたマカロンをお盆の端に置く。

「オーケストラの仕事？」

「今だから言うけど、そんないいもんじゃないんだよね。オーケストラで食っていける人なんて、世界中でも数えられるくらいしかいないんだよ。貧乏して、バイトや副業しながらやっている人がほとんど。うちはお母さんの実家が金持ってるから、いいように使ってんだよ。日本に帰ってきてからは、全然仕事してなかったし」

「そうなんだ」

オーケストラ関係の仕事とだけ聞いていて、どこでどういうことをしているかは知らなかった。どういう仕事をしているの？　と聞いたことはあったけれど、富君は僕にはよくわからないと言っていた。僕だって、父の仕事について聞かれても答えられないし、そういうもんかなと思っていた。

「学校で、いじめに遭ったとかはなかったの？」マカロンを食べながら、望月が言う。話をするのは望月に任せて、僕は少し休む。マカロンを一つもらう。富君の家ではよくマカロンが出るが、色が毒々しいし甘すぎて苦手だった。フランスで人気のお店とか言われても、ありがたみを感じられない。口をつけてしまったので二口で食べて、紅茶で流しこむ。

「ないよ。うちの学校にいじめなんかなくない？」

「最近はあるらしいんだよね」

「そうなんだ。でも、バカにされてるんだろうなっていうのは感じてた。小バカにされてるって感じ」

「誰にバカにされてたの？」

「涼ちゃんとか、青野とか、その辺りに。仲良くしてるけど、小バカにされてるなって感じてた。青野はないかな。お互いに苦手意識があったから。涼ちゃんは僕のことを小バカにしてるよね？」

　僕が考えていた原因が合ってたんだと思いながら、紅茶を吹き出しそうになった。どうにか飲みこみ、ティッシュをもらって口元を拭う。

「そんなことはないよ」強く言い切る。嘘をつく時はどうするという計算もしていられない。

　小バカにしていたとまで言われると違うが、下には見ていた。

「そうかな。でもさ、涼ちゃんも青野も和尚も、なんだかんだ言って金持ちの子だし、僕とは違うんだなっていつも思ってた」

「富君だって、お母さんはお金持ちなんでしょ？」望月が言う。

「お母さんの実家が金持ちでも、お金は全部お父さんに行っちゃうし。僕のものはお父さんのお下がりがほとんどだから。ゲームやまんがは買ってもらえなくて、どうしたって話は合わないよね。美術館の割引券を先生にもらった時に涼ちゃんは良かったねって言ってたけど、僕は複雑な気持ちだったな。百円の割引券なんて、涼ちゃんにとっては大したことないじゃん。でも、僕にとっては大きいんだよね」

僕だって、財布に二百円しかないくらい金はない。お小遣いは高校生の平均額を姉ちゃんがネットで調べて決められたし、青野みたいに高い物をすぐに買ってもらえたりはしない。だいたい、父が金を持っているかどうかなんて僕は知らない。ノーベル賞候補とか言われているのだって、新聞や雑誌が大袈裟なんだと母も姉ちゃんも言っていた。

「涼ちゃん、夏休みはどうするの？」富君は紅茶を飲む。おかわりを入れようとしたが、ティーポットは空になっていた。「アメリカのお父さんのところに行くの？　お土産もらってもさ、自慢したいんだろうなって感じで、嫌みだよね」

「僕は富君の家はいつもお父さんがいて羨ましいって思ってたよ。勝手に僻んで、僕達がわからないような話をして、小バカにしてたのはそっちだろ！」

仕事をしていないから家にいたとわかった今は、そうでもないかなと思う気持ちがあるけれど、車で送ってもらった時とかに羨ましいなといつも感じていた。青野の家も和尚の家もお父さんが近くにいる。羨ましいと思っても、父が僕の学校のことや姉ちゃんしない。

の仕事のことを考えて、一人でアメリカにいるとわかっているから、誰かを妬んだりは

「人の話なんて、何も聞いてなかったくせに」富君は口調も表情も変えなかった。

感情的になってしまって失敗したと思ったが、僕が一人で熱くなっているみたいで恥ずかしくなる。

「だって、おもしろくないもん！　意味わかんないもん！」

「それなのに、友達って顔して、やっぱりバカにしてたんだろ。バカは自分なのに」

立ち上がろうとした僕の手を望月が引っ張った。振り払おうとしたが、強く引き戻された。

「はなせよ！」

「やめなさいって。今日は帰るね。ごちそうさま。マカロンとクッキーもらって帰るね」ティッシュを取り、マカロンとクッキーを包んでカバンにしまう。

「もっと持っていく？」

「これで充分。じゃあ、元気でね」富君に手を振り、望月は部屋を出ていく。

僕も後を追って、部屋を出る。

「あら、もう帰るの？」

玄関で靴を履いていたら、奥の部屋から富君のお母さんが出てきた。

「クッキーおいしかったです。ごちそうさまです」望月が言う。

「主人が帰ってきたら送っていけたのに」

「近いので。それでは、お邪魔しました」笑顔を浮かべて、玄関のドアを開ける。

「お邪魔しました。ごちそうさまです」僕もお礼だけは言って、外に出る。

雨が降っている中、傘もささずに望月は先に歩いていく。まっすぐに歩き、角を右に曲がる。

「こっちじゃないだろ」追いついて傘を差し出す。

僕の家も望月の家も、もっと先までまっすぐに行ったところだ。

「あいつ、おかしいのよ。あんな風に言い返してどうするの？　おかしく見えないけど、おかしいのよ」

「ごめん」それは感じていたのに、つい言い返していた。

熱くなってはいけないし、熱くなるべきところでもないとわかっていたのに、言い負かそうと思ってしまった。

「そんな風に言わなくてもいいのにって思ったけど、どうせ事実でしょ」

「自慢したいなんて思ってないよ」

「小バカにはしてたんでしょ」

「富君がそう感じたならば、してたんじゃん」

富君のことも、西澤に言われたいじめのことも、僕がどう思っていたかより、相手がどう感じていたかが問題なんだ。

「これからどうするかはもう少し考えてからの方がいいと思う。学校だって、退学にする気はまだないみたいだし。中途半端な気持ちで関われることじゃないよ。わたしは無理。悪いけど、そこまで仲が良かったわけじゃないし。ただ、涼太がどうにかしたいって思っているなら、相談には乗る」

「考えてみる」

望月に来てもらって良かった。僕一人では何も喋れなかったかもしれないし、けんかになっても他の友達だったら止めてくれなかっただろう。

「帰ろう。疲れちゃった。トイレ行きたいし」望月は来た道を戻っていく。

「ジュースもお茶も飲みすぎだよ」

「だって、緊張したんだもん」

「これ持って先に帰って」傘を渡す。

「どこか行くの？」

「ちょっと。僕はこれ以上濡れても平気だから」

「じゃあ、お言葉に甘えて」

望月が帰っていくのを見送り、バス停に戻る。こんな姿で乗せてもらえないかもしれないと思ったが、駅に向かうバスはすいていて、立ってるならいいよと言ってもらえた。

狭い場所が好きだ。自分の身体がちょうど収まるところにいると落ち着く。青野書店のレジカウンターの中、レジが置いてある台と予約本を置いておく本棚の間に体育座りをする。

「お前、何しにきたんだよ？」アルバイトの櫻井君はそう言いながら、僕の頭をタオルで拭いてくれている。

青野のお母さんは五階に上がっていて、お父さんは飲みに行っている。店には僕と櫻井君しかいない。

「青野に会いにきた」

「じゃあ、五階に行けよ」

「いないって言われた」

「いるだろ」

「いるのに、いないって言われたんだよ！」

望月と別れて駅まで戻ってきて、青野の家に行った。いつもより時間が遅いので、夕ごはんを食べているかもしれないと思い、インターフォンを押しても上がらずに待っていた。結ちゃんが玄関に出てきてドアを開けてくれた。そして、お兄ちゃんはいるけどいませんと言われた。青野にそう言うように言われたらしい。まだ小学生でも、結ちゃんは空気が読める子だ。涼ちゃんと会いたくないから、どうにかして追い返してと頼まれたと教えてくれた。

「今日は何して遊んでたんだよ」

「遊んでねえよ」タオルを奪い取り、足に巻く。

「何かあったのか？」

「あったけど、教えない」

ズボンは湿っている程度で、中まで水は浸透してないからパンツは濡れていない。プールに落ちた時よりもいい状態なはずだが、身体が冷たい。それなのに、蒸し暑くも感じて汗がにじみ出てくる。

青野の家で風呂を借りて、着替えも借りようと思っていたのに、帰らされるとは計算外だ。どんなことがあっても、青野だけは僕を拒否しないと思っていた。僕が西澤をいじめ、富君を小バカにしているような奴でも、青野だけは味方になってくれると思っていた。望月や松ちゃんとのことは許せないけれど、そんなことで駄目になる友情ではなかったはずだ。

「早く帰った方がいいんじゃないか？　風邪ひくぞ」レジの下に置いてある段ボール箱を漁り（あさ）ながら、櫻井君は話す。

「心がボロボロで帰れない。このまま一人になっても、どうしたらいいかわからない。いいよな、大人は。僕みたいに繊細な高校生は大変なんだよ」

「大人だって、大変だよ」

「何がだよ。アルバイトして、まんが読んで、ゲームしてるだけだろ」

「いつまでもそういう生活してられないからな。とりあえず、これに着替えろよ」

段ボール箱の中から、アニメのキャラクターの絵が描かれたピンク色のTシャツを出す。姉ちゃんが前にコスプレしていたキャラクターだ。キレイなまま持って帰ったら、喜ぶかもしれない。

「これ、一枚しかないの？」

「ないよ。出版社の営業さんにもらったものだからな」

「そっか」

「貸すだけだぞ。オレの宝物だから返せよ」

「ケチだな」

「さっさと着替えろよ」

少しだけ前にずれて広いところに出て、ワイシャツと下に着ているTシャツを脱いで、借りたTシャツに着替える。乾いたシャツを着ると、ほっとする。ビニール袋をもらって、脱いだシャツとカバンに入れたままになっていた靴下を入れる。そのまま、また体育座りをする。

「バイト辞めちゃうのか?」櫻井君に聞く。

「辞めちゃったら、寂しいか?」

「ゲーム教えてくれる人がいなくなっちゃうからな」

「それだけかよ」

「うん」

タメ口でバカにし合いながら、いつも遊んでもらっていたので、辞めてほしくないなとは思う。でも、いつかいなくなってしまうのだろう。

学校の友達や先生、家族にも話せないことでも、櫻井君だけには話せることがあった。他の人に言ったら心配されてしまったり、別の人間関係に支障が出るようなことを軽く聞いてくれた。今日も青野に会おうと思った以上に、こうして話したかったから来た。

久野ちゃんにとって僕がそういう存在になれれば良かったのだろうけれど、何も知らない顔はもうできない。

「そろそろ就職しないとマズイからな。彼女にも、うちの家族に会いたかったら、就職してって怒られたし」

「彼女いんのかよ!」

「いるよ」

「いつから？」

「大学の時から」

「知らなかった」

いないと思いこんでいたので、聞いたこともなかった。オタクでも、顔が良くなくても、いつまでもフリーターでも彼女ができるなんて、未来は思っているよりも明るいかもしれない。

「花火大会行くの？」

「言ってないからな」

本屋の入口にも花火大会のポスターが貼ってある。

「店番だよ。ここの家族がそんな日にオレを休ませてくれるはずないだろ。お前らが遊んでいる間に働くんだよ」

「彼女、かわいい？　どうせブスだろ」

「かわいいよ。オレから見たら、世界で一番かわいい。ただ、すごい怖い。しょっちゅう怒られる」

「そりゃ、いつまでもフリーターだったら、怒るよ。どうするの？　怒られたら、けんかするの？」

「しないよ。前はしたけど、今はしない。恋愛において、攻めの反対は受けだから」

「急にエロい話？」

「そういうことじゃなくて。攻められたら、黙って受け止めるのが男の役目なんだよ。それも彼女に言われたんだけどな」

「腐女子だろ？」うちの姉ちゃんも同じようなことを言ってそうだ。

「そうだよ。オレ以上のオタク。でも、本来は攻めの反対は防御だから、心がボロボロになるまで、人の話を受け止めなくてもいいんだぞ」

「うん」

「もう少し休んだら、帰って温かい風呂に入って早く寝ろよ」

「傘貸して」

「忘れ物から好きなのとっていいよ。大丈夫だよ、そんなに悩まなくても、年末には世界が終わる」

青野に避けられても、僕はまた青野の家には来る。まんがや雑誌を買いにくるし、櫻井君にゲームを教えてもらいにくるし、青野が拒否しても押しかける。Tシャツと傘を返す機会はいくらでもあるだろう。靴下を借りるのを拒否した時点で、僕は富君に対して何かしようなんていう気持ちは、少しも持っていなかった。

ゲームやまんがのことをしばらく話して、お客さんの忘れ物の黒い傘を借りて帰ることにした。

「じゃあな」櫻井君に手を振り、店を出る。

「気をつけて帰れよ」

夜になって、空は暗さを増した。風が強くなり、雲が音を立てて流れていく。雨が斜めに降りつける。傘をさしたら、風が吹いて飛ばされそうになった。両手で持ち直す。

いつもはバスターミナルの中を横切って、僕の家の方に行くバスの乗り場へ行く。今日は視界が悪くて危なそうなので、外側を回って信号を使う。バス以外にも迎えにきた車が何台も止まっていて、混雑している。タクシー乗り場にも列ができていた。クラクションが鳴り、怒鳴り声が聞こえた。

信号待ちをしていたら、視線を感じた。左肩辺りに誰かに見られているような感触を覚えた。

後ろを見ても知らない男の人が立っているだけだった。周りを見たら、青野書店の看板の下に河村さんが立っていた。傘もささずに、さっきまでの僕とは比べ物にならないくらいずぶ濡れになっている。目が合うと、手を振ってきた。暗くて見えなかったことにしたいが、看板の青い光がスポットライトのように当たっていた。信号待ちしている人達は僕と河村さんを交互に見る。

「どうしたの？」河村さんのところまで行き、傘を差し出す。

髪の毛も制服もビショビショになっている。肩まである黒い髪から水が滴る。ブラウスとベストが肌に張り付いている。人が多いから危ない目には遭わないだろうけれど、女の子がこんな格好で外に立っていたらいけない。

「何してんの？　誰か待ってるの？」

櫻井君のところに戻り、他に着替えはないか聞いてこようかと思ったが、そういう問題ではない気がする。着替えさせたところで、そのままここに立っていそうだ。商店街の入口なのに、こんなになるまで誰も声をかけなかったのは、明らかに様子が変だからだろう。息が荒くて辛そうなのに、顔は笑っていた。何か拭くものがないかと思うが、濡れたタオルとハンカチしか持っていなかった。

「寒くない？　大丈夫？」

声をかけても答えずに、目の前にいる僕に向かって手を振りつづけている。

櫻井君か青野のお母さんを呼んできた方がいい。このままにして帰るわけにもいかないし、僕一人では河村さんの家まで送っていけない。付き合っていた時に近くまで送っていったことがあるから家がどこかはわかる。でも、スカートも絞れそうなくらい濡れている。こんな格好で混んでいるバスに乗ったら、迷惑がられるだろう。

「ここで待ってて。動かないでね」手を止めて、傘を持たせる。

「行かないで」

本屋に戻ろうとしたら、手首を摑まれた。傘から手をはなしてしまい、風に飛ばされる。歩いている人にぶつかり、落ちて転がる。

「どうしたの？」河村さんに聞く。

「行かないで！」

さっきまで笑っていた目が見開かれている。雨が顔を打っても気にせずに、目を大きく開く。

「すぐに戻ってくるよ。ここ、青野の家だからタオルとか借りてくるから、河村さんも動けるなら行こう」本屋の入口を指差す。

レジカウンターに櫻井君がいれば、外が見えるから気がついてもらえると思ったが、店の奥で棚の整理をしているようだ。本棚と本棚の間に手だけ見えていた。

わざとなのか、河村さんは親指で血管を潰すように手首を摑んでいて、ものすごく痛い。指先に血が通わなくなる。

「ここにいて！　待ってたの、中原君が来るの。メールしたでしょ。昨日の話のつづきがしたいから駅前で待ってる。って、メールしたよね？」

「メール？」

「昼休みにメールしたでしょ？　放課後に待ってるって。それなのに、望月さんとバスに乗っていっちゃって、戻ってきてくれたと思ったら、青野君の家に行って、本屋に入ていくのが見えたから待ってたの」

よくわからないが、ここには僕が本屋に入った時から立っていたということだろう。六時間目の授業が終わって三時間以上経っている。その前はどこにいたのか気になるが、聞きたくない。

「メール見てないよ。僕、携帯電話持ってないから」

「嘘！　わたしのことが嫌いなら嫌いだって言えばいいのに。昨日、また話そうって言ったのも嘘なんでしょ！」

雨の音も聞こえなくなるくらいに大きな声で話しているが、通りすぎていく人達はわざとらしいくらいに僕達を見ない。河村さんが興奮しているのは誰が見てもわかり、小さな女の子だけが怯えているような目で僕を見た。

「また話そうとは思ってたよ。携帯電話は本当に持ってないんだよ」

「だって、メール送れたもん」

「家に忘れただけで、アドレスは変わってないから」

どうして持っていないか話したら、また話が混乱しそうだ。

せっかく着替えたTシャツが濡れていく。横殴りの雨が手や足を打つ。ズボンの中まで濡れていき、雨粒が太腿を伝う。

「わたしは小学生の時から中原君が好きだったの。中原君はわたしのこと、少しでも好きだった?」

「ここじゃマズイから、向こうに行こう」

人がいるようなところでする話ではない。男子の運動部の練習が終わった時間で、バスターミナルにはうちの学校の生徒もまだたくさんいる。青野書店の隣はコンビニで、裏に駐車場がある。そこならば、目立たずに落ち着いて話せる。

振り払っても振り払っても手をはなしてくれない。引きずっていき、転がっていった傘を拾う。摑み方が卑怯で、はなれそうになったら、骨に引っかけるように長い爪を立ててきた。力では負けないのに、無理にはがせば、腕の皮も肉も抉り取られそうだ。人通りが少ないところへ移動するために、更に引きずる。しかし、強い力で抵抗されて動かなくなった。僕の手を摑んだまま、河村さんはその場にしゃがみこむ。あともう少しなのに、コンビニの前で止まってしまう。明るすぎる照明に照らされて、さっきよりも目立っている。気がつかなかったことにして、帰れば良かった。河村さんが風邪を引いたって、ヤバイ奴に連れていかれたって、僕にはどうでもいいことだ。

告白されて嬉しくて軽い気持ちで付き合っちゃうなんて誰でもやっていることで、こんな思いをさせられるようなことではないはずだ。キスやセックスをしたのならばまだしも、手を繫いだのだって、これを数に入れるならば今日が初めてだ。付き合いたいと言ったのも、別れたいと言ったのも河村さんなんだ。

「ねえ、少しでも好きだった？」

「ここでする話じゃないじゃん」

「答えてよ！」

「だからさ」

手を引く。しゃがんだまま動かずに粘ろうとして、河村さんは体勢を崩す。お尻をついてしまう。

「冷たいよう」

「立ってくれない？　それか手をはなして。マジで痛いから」

「どうして優しくしてくれないの？　どうして好きになってくれないの？」

「付き合ってた時は好きになろうと思ってたよ」周りに聞こえないように、僕もしゃがんで小声で話す。「河村さんが僕を想ってくれるほど好きになってないのに付き合ったのは悪かったけど、もう少し待ってほしかった」

学校の誰かに見られているかもしれないけれど、いつまでもここで揉めているよりもマシな噂を流してもらえるだろう。どうせ、明日と終業式だけで夏休みになるのだから、その間に噂も消える。

「じゃあ、もう一回付き合って」

「ごめん。今は無理。好きだって言ってくれるのは嬉しいけど、僕には好きで大切にしたいと思ってる女の子が他にいる。こうしている姿も彼女に見られたくないから、手をはなしてほしい」

いつもはモテキが来ないかなとか、女子に人気がある奴は羨ましいなとか思っているけれど、女の子を振るのはこんなに辛いことなんだ。河村さんのことをもっと見ていれば良かった。ここまで気持ちをこじらせてしまう前に話をすれば良かった。

「ごめんなさい」河村さんは僕の手をはなす。

「僕もごめんね」

正気に返ったのか、河村さんは恥ずかしそうに両手で顔を覆う。僕の手首は爪の跡で、真っ赤になっていた。

「最後だから抱きついていい？」

「駄目だよ。ここでは駄目だよ。他のところでも駄目だけど」

拒否の声も聞かずに、河村さんは僕の首に腕を回して抱きついてくる。身体を押しつけてきて、胸が僕の胸に当たっている。身体は小さいのに胸は大きい。雨に濡れていても髪の毛からいい香りがする。

恋心はなくても、女の子は好きだし、こんなに密着することなんてなくて、周りにたくさん人がいることがわかっているのに、抵抗する力がなくなる。最後だと思えば、抱きしめちゃってもいい気がする。でも、そういう期待を持たせるような僕の態度が彼女を苦しめるんだろうなとも思う。こんなに柔らかいものに触れられるならば、付き合っちゃえばいいじゃんという悪魔の声が聞こえてくる。

「お前、何してんだ？」頭上から声がして、顔を上げて振り返る。

西澤が立っていた。隣に久野ちゃんがいる。

「これは違う。なんでもない」

「なんでもなくないだろう」

声が聞こえているはずなのに、河村さんは抱きついている腕に力を込めた。さっきだったら抜けようと思えば抜けられたのに、今は抜けようとすると首を絞められる。河村さんからは正面に西澤と久野ちゃんが見えているはずだ。

「行こう」久野ちゃんが西澤に言う。

「ちょっと待って。行かないで」

力を込めて、身体ごと撥ね飛ばす。どんなに強く抱きつかれても卑怯な手を使われても、男が本気を出せば、女子の力に負けるはずがない。ただ、力を込めすぎたせいで、河村さんは本当に撥ね飛んでしまった。

「痛い！」水溜まりに手とお尻を打ちつける。

「大丈夫？」久野ちゃんが駆け寄って、手を差し伸べる。

「やめてよ！」河村さんは濡れた手で久野ちゃんの手を撥ねのける。「あんたには触られたくない！ あんたみたいな女嫌いなの！ 廊下で中原君とキャーキャー走り回ったりして、みっともないと思わないの？ 天然のフリして計算なんでしょ？ 弟の事件で傷ついてますって顔して、みんなに同情されて気分いいでしょ？」

「そんなこと思ってない」

「愛美ちゃん、行こう」西澤が久野ちゃんの手を取る。

「でも、河村さんはあのままじゃ帰れないし」

「関わらない方がいいよ」

「でも」

「待ちなさいよ！」河村さんの目はさっきよりも大きく見開かれ、口元は笑っていた。

「ねえ、あんたさ、誰が好きなの？ 西澤君ってみんな思ってたのに、最近は中原君にも手を出してんでしょ？ 水泳部の男子にも気があるような顔してるって聞くし。ウザいよね。かわいいからって調子に乗って、何かあると、不幸ぶって。ずるくない？」

「お前、いい加減にしろよ！」西澤が言う。

「こうして西澤君が守ってくれるんだもん。気分いいでしょ？ それなのに、付き合ってるわけじゃないらしいじゃん。自分が何をされたわけでもないくせに、深刻ぶっちゃって。弟が死んでれば良かったんじゃない？ そしたら、もっと同情してもらえたのにね」

「ふざけんなっ！」河村さんの胸倉を掴み、西澤は手を振り上げる。

ヤバイと思った時には遅かった。西澤は河村さんを平手で叩き飛ばしてしまった。雨で濡れているせいか、叩いた音は鈍く響いた。

「やめて！」久野ちゃんが叫び声を上げる。

「野球部がそんなことしていいの？」西澤の脛（すね）を蹴り飛ばし、河村さんはもがくように手足を暴れさせる。

野球部という言葉に反応して、周りにいた人達が静まり返った。足は止めないまま声を発することなく、耳を澄ましている。もう一発叩こうとした西澤の手に僕がしがみついて止める。

「やめろよ！」

「はなせよ！」

「甲子園に行くんだろ！　こんなことで駄目にすんなよ」

「野球部なんてやめてやるよ！　愛美ちゃんがこんな風に言われて、黙ってられるかよ！」

「僕も雄基君も、行きたくても行けないんだ！　お前は行けるんだから、こんなことするなよ！　応援に行ってやるから！　野球部なんてって、そんな言い方するなよ」

僕が言ったくらいで、怒りが収まるはずはなくて、西澤はあいている左手を河村さんに向かって伸ばす。

「何やってんだ！　どうした？」本屋から櫻井君が出てくる。店の前には青野のお母さんも出てきていた。

「えっと、あの」

どう説明したらいいか迷っている間に河村さんは立ち上がり、走って逃げる。運動神経の悪さがわかる足音がバタバタ鳴る走り方だが、人と人の間をうまく抜けていく。青野書店の角を曲がり、商店街に入っていった。

「待てよ！」西澤は河村さんを追いかけていく。

「もうやめて！」今度は久野ちゃんがその場にしゃがみこんでしまう。

「二人を追いかけて」櫻井君に頼む。「男の方に、暴力振るわせないで。何をしてもいいから取り押さえて。でも、怪我もさせないで」

「わかった」よくわかっていないのだろうけれど、櫻井君は西澤と河村さんを追う。店の前に出てきている商店街の人にも、二人を追うように言ってくれていた。騒ぎが大きくなってしまうが、西澤さえ何もしなければいいんだ。

「ここは目立つから向こうに行こう」久野ちゃんに言う。

「うん」

河村さんとは違い、すぐに立ち上がってくれた。久野ちゃんのカバンと傘を僕が持とうとしたら、自分で持てるからと止められた。駅まで行き、屋根がある場所に置かれたベンチに座る。

「ごめん。西澤のことは、僕が先生に説明する。僕が悪い」

「涼ちゃんは悪くないよ。河村さんが言ったみたいにわたしが悪いの。西澤君とか涼ちゃんとか優しくしてくれる人に甘えてた」

「そんなことないよ」

「涼ちゃんもわたしと関わらない方がいいよ。河村さんと付き合ってるんでしょ？　わたしみたいなのが涼ちゃんといるの嫌だって思うのわかるから」

「違う」

「だって、わたしじゃなくても、好きな男の子が他の女の子といるのは嫌でしょ？　涼ちゃんと友達になれたら楽しそうだなって思ってたけど、もう大丈夫だから」

「違うよ」

「もうすぐ夏休みだし、その間にお互いのことを忘れよう。それがいいよ」

「そんなことはできないよ」

「バスの時間だから、帰るね」

立ち上がり、久野ちゃんはバスターミナルに向かって走っていってしまう。追いかけようとしたが、人にぶつかって謝っている間に見えなくなってしまった。

久野ちゃんの家がどこかも、どのバスに乗るのかも、僕は知らない。昨日、自転車で送ってきた時には駅前で別れた。何番のバスに乗るか見ていなかった。

広いバスターミナルには十台以上のバスが止まっている。一台のバスが出ると、次のバスがすぐに来る。タクシーも迎えにきた車も絶え間なく行き来している。発車待ちしているバスを見て回るが、久野ちゃんが見つからない。並んでいる人達の中にもいない。雨が降っていて、暗くて、よく見えない。駅から出てきた人達が僕の横を通り過ぎていく。バスに乗ろうとして走っていく人に押し流される。雨の音と人の声が耳の中で反響する。近くにいるはずなのに、どうしても見つけられない。出発してしまうバスを追いかけて、バスターミナルの中を横切る。クラクションが鳴り響き、ひかれそうになっていたことに気がついた。ヘッドライトに照らされて、慌ててよける。跳ねた水が制服のズボンを黒く汚す。Tシャツのアニメのキャラクターにも黒いシミがついていた。

雨が降る。傘をさした人達は顔を隠して通りすぎていく。向こうの向こうの、ずっと向こうにいる人の顔まで隠してしまう。髪も肩も雨が全てを濡らす。シャツやズボンの中に水が入りこみ、身体中を伝う。久野ちゃんの赤い傘が見つけられない。

目の前で蝉が鳴いている。ベランダの柵にとまっている。捕まえて教室の中に投げこもうかと思ったが、女子を中心としたクラス全員に怒られそうだからやめておく。

弁当に向かって飛んでくるのはやめろよと念を送り、蝉と睨み合いながら、車の形をしたカマボコを食べる。今日の弁当も姉ちゃんが作ってくれた。弁当箱の中に町ができあがっている。赤くて大きな梅干しの太陽が輝く。

昨日の雨は夜遅くに上がり、今日は朝から晴れた。地面を濡らした雨が蒸発していき、外は風呂場のようだ。制服の中まで蒸気が入りこんでくる。柵の向こうに見えるグラウンドは乾き、景色が揺らいで見えた。日陰に小さな水溜まりが残っている。

「暑くないの？　教室で食べれば」隣に座る青野が言う。

ワイシャツも下に着るTシャツも脱いで、上半身裸になっていた。暑くて脱いでいるフリして、自分の体格の良さをアピールするような奴はむかつく。いつ、どこで、なんのために鍛えたのか、腹筋が軽く割れている。僕はどんなに暑くても、女子が見ている前で薄っぺらいお腹を晒したりしない。

「お前を避けるためにベランダで食ってんだよ」

「冷たいこと言うなよ」

「昨日、人のことを追い返したのは誰だったかなあ？」

「風邪引いたんだって」

「嘘をつくな！　結ちゃんに聞いてネタは上がってるんだ！」

青野は今日も休むかもしれないと思ったが、僕より先に教室に来ていた。後ろの扉から入ったのに、一番前にいる青野と目が合った。気まずいなと思っていたら、いつも以上に軽い感じで話しかけてきたから、大袈裟に目を逸らして無視してやった。

「色々と大変だったらしいじゃん。そういう時に近くにいなかったのは悪かったなって、オレも反省したんだよ」僕の弁当箱に手を伸ばしてきて、花の形をした卵焼きを食べる。

「食ってんなよ！」弁当は両手で守り、青野の足を蹴る。

「食っちゃったもん」

蹴り返されて、更に蹴り返す。平手で顔を押さえこんできたが、僕は手は出せないため、足で応戦する。

小競り合いに呆れたように、蟬は羽を鳴らして飛ぶ。僕と青野に向かってきて、目の前でUターンした。林へ帰っていく。二人とも蝉に驚き、動きが止まってしまった。

「お前ら、何やってんだよ」窓が開き、有村先生が顔を出す。

「何もしていません」

僕は青野の右腕を蹴っていた足を引っこめ、青野は僕の弁当箱を取ろうとしていた手をはなす。

「青野は上を着て、涼太は弁当は昼休みに食べる。教室に戻れ。四時間目始めるぞ」

休み時間が終わるチャイムが鳴り、ベランダに出ていた他のクラスの生徒も教室に入っていく。

「はあい」

「あと、涼太は昼休みに職員室に来い」

「どうしてですか？」

「ここで言っていいのか？」

「良くないです。行きます」

昨日のことを聞かれるのだろう。朝のホームルーム後に西澤と河村さんが呼び出されたという話は、一時間目の終わりに僕の耳にも届いた。

残りの弁当を食べながら、席に戻る。空になった弁当箱をカバンの中にしまい、数学の教科書とノートを出す。青野が僕の方を向いてワイシャツのボタンを留めながら、口をパクパクさせて何か言っているが、読みとってやる気はない。

僕は青野に対して何も悪いことなんてしていないのに、先に冷たくしたのはあいつだ。家に上げてくれて、風呂や着替えを貸してくれて、制服の洗濯もしてくれて、雨が酷いからそのまま泊まるということになっていれば良かった。そうすれば、河村さんに会うことはなかったし、久野ちゃんと西澤に会うこともなかった。僕に会えなかったら河村さんはいつまで待っていたんだろうと思うと、それも怖いが、昨日みたいなことは起こらないで済んだ。

昨日の夜、久野ちゃんを探しつづけたけれど見つからなくて、バスターミナルの中を歩き回っていると、西澤と櫻井君が二人で戻ってきた。櫻井君に手招きされて、青野書店に入っていく二人についていった。

櫻井君に聞いた話によると、商店街の先にある神社で西澤は河村さんを捕まえたらしい。殴りかかろうとしていたところに神社の前にある布団屋のおじさんが止めに入り、騒ぎを聞いた神主さんと家族も出てきた。そこに櫻井君と一緒に追いかけてくれた肉屋のお兄さんとコーヒー屋のお姉さんが追いついた。止めるのが大変だったのは西澤よりも河村さんだったようだ。西澤は布団屋のおじさんと神主さんに両手を押さえられておとなしくなったが、河村さんは叫びながら暴れてコーヒー屋のお姉さんと神主さんの奥さんに宥められてようやくおとなしくなった。櫻井君も河村さんを宥めるのに参加しようとしたら、蹴り飛ばされたらしい。Tシャツに足跡がついていた。河村さんはそのまま神社に保護され、西澤は櫻井君が保護することになった。

僕と櫻井君がレジカウンターで話している間、西澤は奥にある事務室で警察の人に話を聞かれていた。駅前にある交番のお巡りさんだ。騒ぎが大きくなってしまったし、場所も良くなかった。一応話を聞かせてくださいということだった。どちらかが怪我をしたわけではないし、不良のけんかでもないから、お巡りさんは事情を理解すると交番へ戻っていった。

西澤は青野のお母さんが持ってきたTシャツとハーフパンツに着替え、車で迎えにきてもらって帰った。

お父さんとお母さんが二人で来て、何度も頭を下げながら本屋の外に出ていった。二人とも西澤の両親とは思えないくらい背が低い。リトルリーグの練習や試合によく来ていたのを思い出した。自分達の息子が出ない試合にも来ていて、どこの親よりも熱心だった。僕を憶えていて、お父さんに大きくなったねと言われた。大きくなんてなっていないが、そういう意味ではないと思い、お久しぶりですとあいさつをした。

うちの学校の野球部は町の誇りで、西澤はエース候補というのは商店街のおじさん達はみんな知っている。甲子園に出た時、生徒達は冷め切っていたのに、商店街は駅に横断幕を張ったり、記念セールをやったりして大騒ぎだった。西澤が入ってきて、また出られるんじゃないかと期待されている。青野のお父さんが所属する草野球チームのおじさん達を中心に話し合いをして、学校には連絡しないと決まったのだが、どこかからばれたらしい。駅前で、うちの学校の生徒も見ていたし、隠しきる方が無理な話だ。予選が始まって、準決勝や決勝まで進んでからばれるよりも良かったのだろう。

僕もTシャツとハーフパンツを借りて事務室で着替えて、バスで帰った。青野のお母さんから電話があったらしく、雨に濡れた制服を見ても母も姉ちゃんも何も言わなかった。制服のズボンは急いで洗濯してもらった。朝になっても乾いていなかったが、姉ちゃんが弁当を作っている間に、母がアイロンをかけて乾かしてくれた。

「涼太、聞いてるか？」有村先生が言う。

「聞いてます」

「じゃあ、次の問題解け」

「すいません。聞いてませんでした」

教室の中に笑い声が起こる。

昨日の僕に何があったかをクラス全員が知っているはずなのに、いつも通りの空気が流れていた。

僕は全ての原因を作った加害者なのに、ヤバく見えないけれど実はヤバイという一番性質が悪い河村さんに好かれてしまった被害者だと思われている。

「ちゃんと聞いておけよ」

「はあい」

隣の席の女子にどこをやっているか聞き、教科書を開く。

窓の外を何か通りすぎた気がして目を向ける。

何もないし、誰もいなくて、青い空がどこまでも広がっていた。


昼休みになり、トイレに行ってから職員室に行く。

体育クラスの野球部グループと廊下ですれ違ったけれど、西澤はいなかった。学校には来ているはずだが、今日はまだ一度も顔を合わせていない。

職員室前の掲示板に貼ってあった市立美術館のお知らせのポスターが剝がされていた。夏休みの諸注意と書かれた紙が一枚貼ってあるだけで、他の掲示物も剝がされている。二学期になったら、ここは文化祭や体育祭関係のポスターで埋まる。

夏休みの諸注意を読む。終業式の日に同じものが配られるはずだ。海やプールに行く時には怪我をしないように注意しましょう、生活のリズムは崩さずに勉強もしましょう、熱中症に気をつけましょう。小学生に対して言うような内容の注意事項が並んでいる。先生達も言いたいことはもっと他にあるけれど、言えないのだろう。

各部活の連絡事項を書くホワイトボードも全て消され、黒い枠線だけが残っていた。

「何やってんだ?」有村先生が職員室から出てくる。

「先生に呼ばれたから来たんですよ」

「弁当食ったのか?」

「四時間目の前に食べてたじゃないですか」

「そうだったな。じゃあ、とりあえず生徒指導室に行ってろ。オレもすぐに行くから」

「はい」

教室に行くのか、先生は階段を上がっていった。

生徒指導室に入る。いつから閉めきっていたのか、ドアを開けたのと同時に熱く湿った空気が押し寄せてきた。全身を包みこんでいき、教室の冷房で冷たくなっていた身体から一気に汗が吹き出した。風呂場を通り越して、サウナのようだ。窓を全開にする。

ドアも全開にすると僕がここにいるのが丸見えになってしまう。少しだけ開けておき、ストッパーになるように上履きを脱いで引っかけておく。四月に買った時は真っ白だったはずの上履きが灰色になっている。夏休み中も学校に置いたままでいいやと思っていたが、持って帰って洗おう。奥に置いてある椅子に座る。

動くと汗が溢れ出す。座って両手を膝に置いたまま、机の上の一点を見つめる。ボールペンで突きつづけたような黒い点があり、そこだけ見つめて、暑いとは考えないようにする。蝉の鳴き声も聞こえなくなるまで、意識を集中する。しかし、そんな集中力は持っていないし、サウナレベルの暑さに勝てるはずがない。黒い点を狙っているかのように汗が流れ落ちていく。

「待たせたな」有村先生が来る。

ストッパーにしていた僕の上履きを外して、ドアを開ける。手にはパイプ椅子を一つ持っていた。

「ここ、暑すぎますよ。どこか他で話しましょうよ」

ドアは閉められてしまった。返してもらった上履きを履き直す。

「ここ以外のどこで話すんだよ」

「空き教室とか、視聴覚室とか、理科実験室とか、話をするだけならばそれでいいじゃないですか。クーラーがある場所に行きましょうよ。今日の僕にこんな拷問を受ける罪はないはずです」

「本当にないのか？」パイプ椅子を開き、僕の隣に置く。

「ないです」

原因を作ったのは僕でも、河村さんとのことは私的な感情の問題であり、学校で公的に責められることではないはずだ。

「もう一人来るから、ちょっと待ってろ」

「誰が来るんですか？」

「三組の久野だよ。昨日、一緒にいたんだろ？」

「はい」

先生が椅子を持ってきた時点で誰か来るのはわかったし、来るならば久野ちゃんだろうなとは思った。

でも、本当に来るんだと思ったら、会いたい気持ちと会いたくない気持ちが心の中でぶつかり合い、ヘソの上辺りがキュッと押されたように痛くなった。お腹が痛いと言って逃げ出してしまいたいけれど、会いたい気持ちも強くて足を引っ張る。心の中に逃げたい僕と逃がさないようにする僕がいて戦っていた。逃げたくても逃げられないんだからおとなしくしろよと言っている僕もいるが、戦っている二人は話を聞いてくれない。

今日中に久野ちゃんと会って、もう一度だけ話がしたい。終業式の日には話せない気がする。そしたら、そのまま二学期も話せなくなる。話せないという意識を強く持っている分だけ、顔も名前も知らない同じ学年の誰かより遠い存在になってしまう。

「西澤、河村、久野、中原、って名前が挙がって、ちょっと驚いたんだよなあ」有村先生は椅子に寄りかかり、腕を組む。

「すいませんでした」

「いや、悪いことじゃなくて、涼太はたくさん友達がいるんだなって思ったんだよ。他の三人は外部生だし、西澤なんて体育クラスだからな。内部生で固まっている奴が多い中で、色々なところと交流を持ってんだなって」

「でも河村さんと西澤君は小学生の時の友達なんで」

「そういうことか」

「小学校は三人ともバラバラですけど、塾とかリトルリーグで一緒でした」

「そっか。なるほどな」

「あの、久野さんはたまたま居合わせただけというか、何もしていませんよ」

「わかってる、わかってる。涼太と久野には話を聞くだけだから心配するな」

　窓から蚊が一匹入ってきて、生徒指導室の中を飛び回る。

　僕も有村先生も両手を広げて叩く体勢を作り、蚊の動きを追う。天井近くの高いところを飛び、窓へ向かっていく。外に出るかと思ったが、戻ってきて僕の前まで来る。叩こうと思ったら、手の甲にとまった。血を吸っているのを見つめてしまう。

　グイグイ吸い上げて、そろそろ腹いっぱいになっただろうというタイミングを狙って、叩く。一撃で潰す。吸い上げたばかりの血が、黒い死骸と混ざる。羽も足もバラバラになっていた。叩いた手にもついた。

「ティッシュ持ってんのか？」先生も僕の手を見ていた。

「持ってません」

「手で払うなよ。そのまま待ってろ」生徒指導室を出ていく。

西澤が河村さんを叩いた一発、久野ちゃんの弟の雄基君が受けた何発もの暴力、蚊を叩き潰した僕の一発。殺したのは僕だけだ。それなのに、すぐに忘れてしまえるのも僕の一発だけだ。

蚊やゴキブリは害虫だから殺していい。ネズミは害獣だから殺していい。みんなが殺してるから自分も殺していい。そんな理屈は正しいはずがなくても、通って許されてしまう。

自分は正常だという顔をして、犬や猫を殺す人間を残酷だと言い、殺人を犯す人間をおかしいと言う。ペットや隣人を殺してはいけないと言い、それは理由なんて考えない当然のことだと言う。しかし、心の奥底では自分にとって害がある生き物は殺していいと思いこんでいる。

雄基君のことをみんなが殴ったり蹴ったりしていたから、ナイフを向けても許されると思えるところまで感覚が狂ってしまったのかもしれない。試合に勝てなかったことや厳しい練習に対するストレスは、抵抗しないのがむかつくというストレスになり、雄基君に暴力を振るっていいという考えに変わってしまったのだろう。ストレスは害になるから誰かに当たっていい、原因になるものは潰していいと思うのは勘違いでしかない。ベランダで僕が青野を蹴り飛ばしたのだって、青野へのストレスがあったからだ。力は入れていなくて冗談のようなやり取りで済んだが、あれが本気になれば暴力になる。

西澤だって、河村さんの態度にストレス以上の怒りを感じ、黙らせるために叩いた。

　そして、実際に手を出すだけが暴力ではない。

　話す内容がわからなくて、僕は富君に苛立（いらだ）ちを感じていた。自分が劣っているのを認められず、意味がわからないと言って富君を下に見て、小バカにしている奴は僕の他にもいた。みんながそうしているから、それでいいと思ってしまった。暴力を振るったり、いじめようと意識して何か言ったわけではないが、富君を少しずつ傷つけていた。

　先生が水色の箱に入ったティッシュを持って戻ってくる。

「これで拭け」

「ありがとうございます」

　一枚もらい、手についた蚊の死骸と血を拭く。血が跡になって残り、キレイに拭きとれなかった。

「手、洗ってくるか？」

「はい」生徒指導室を出て、廊下の奥にあるトイレに入る。

　ティッシュをゴミ箱に捨てて、血の跡を洗い流す。水に混ざり、排水口の中へ消えていく。水道を止めて、手を振って乾かす。跳ねた水が鏡を濡らした。

　戻ってもまだ久野ちゃんは来ていなかった。奥の席に座る。刺されたところが痒（かゆ）い。触らない方がいいと思いながら、掻（か）いてしまう。

「保健室行くか？　痒み止め塗ってもらってこい」

「後で行きます」

「大丈夫か？」

「先生、昨日の富君の家への訪問は失敗に終わりました。それで、僕は富君の家にはもう行きません」

「わかった」

何か聞かれるかと思ったのに、有村先生はそれだけしか言わなかった。

「すいませんでした」

「気にするな」

「はい」

できないと決めてしまう自分の弱さを初めて自覚した。

でも、富君が学校に来られるようになるまで、まだまだ時間がかかる。課題や補講が追いつかなければ、僕達と一緒には二年生になれないだろう。望月も言っていたが、中途半端な気持ちで関われることではない。

「失礼します」

ノックして、久野ちゃんが入ってくる。首に八百屋のタオルを巻いている。

ドアが開いた時に少しだけ涼しい風が吹いた。

「弁当食べたか？」有村先生が久野ちゃんに聞く。

「はい」

「じゃあ、そこに座れ」

「はい」小さく頷いて、僕の隣に座る。

僕はずっと久野ちゃんを見ていたが、久野ちゃんは僕を見てくれなかった。ここに僕がいると先に聞かされていたのか、入ってくる前から目を逸らす準備をしていたようだ。

「お前ら、似てるな」

「似てませんよ」僕が言う。

「似てません」久野ちゃんも言う。

「そうか。久野を最初に見た時、女装した涼太がいるのかと思ったけどな」

「先生、久野さんに失礼です」

そんなことはないと言いたいのか、久野ちゃんは顔の前で右手を振っている。それでも目は合わせてくれなくて、不貞腐(ふてくさ)れるように口をへの字にして、下を向いていた。

「そうだな。ごめん、ごめん。涼太の女装も年々おもしろくなってきてるし、似てないよな。今年の文化祭は何するんだ？　体育祭は例年通りにチアガールだろ？」

「まだ決まってません。そういう話をするために呼び出したわけじゃないですよね？」

「わかってるよ。二人とも表情が硬いから和(なご)まそうとしてんだろ」

「気遣いはいらないので、話を先に進めてください。暑いし」

僕が言った隣で、久野ちゃんは大きく二度頷いた。両手を顔に向けて扇いでいる。

「移動するか？」

「ここでいいですよ」

有村先生と久野ちゃんと三人で歩いているところを誰かに見られたくない。昨日の話をしていると、誰が見てもわかる。嫌な思いをするのは、僕と久野ちゃんではなくて、西澤と河村さんだ。

「久野は？　暑くないか？」

「暑いけど、ここでいいです」首に巻いていたタオルを外して顔を拭き、たたんで机の上に置く。

「一人ずつに事情を聞くって話もあったんだけどな、誰が何を話しているかわからないっていう状態は良くないだろうから、オレが二人に聞くことになった」

「どうして有村先生なんですか？」久野ちゃんが言う。

問題になっているのは、きっと西澤の処分だ。十組の担任とか、野球部の顧問とか、この場に来るべき先生が他にいるんじゃないかと僕も思っていた。

「学年主任だからだよ」

「ええっ！　知らなかった」

僕が声を出して驚いた隣で、久野ちゃんも目と口を大きく開いて驚いているような顔をしていた。本当は僕は知っていたし、久野ちゃんも知っているだろう。こんな時でもボケようと思ってしまうのは、僕達の悪い癖だ。

「話を先に進めるぞ」

「はい」二人で返事をする。

「西澤と河村から話を聞いて、だいたいのことはわかっている。河村の話では西澤が悪い、西澤の話でも西澤が悪いとなっている。でも、理由がなくて西澤が駅前で河村を叩き飛ばすとは思えないだろ。それで、そこに二人もいたって聞いたから、知っていることを話してほしいと先生達は思っている」

「学校にはどうしてばれたんですか？」僕が聞く。

「メールが来た。あとはインターネットにも書き込まれていた。それだけを信じるわけにもいかないから、駅前の交番やコンビニに確認をとったら、四人の名前が挙がったんだよ。最近はどんなことでも、ネットに書き込まれるから気をつけろよ。タバコ喫ってる奴とかもわかるからな」

「僕は喫いませんよ」

「わかってるよ」

先輩に言われて一本だけ喫ったことがあるが、肺が受け付けなかった。髪の毛や制服ににおいがついて、母と姉ちゃんにも怒られた。何よりも、身長が伸びなくなると聞いて、それ以降は喫ったことがない。そんなものは都市伝説みたいなものだと言われても、僕はまだ望みは捨てていない。

その一本でさえ、誰かがふざけてインターネットに書き込んだら、学校にばれる。ただ、書き込む側にそこまでの意識はないだろう。自分のブログや掲示板の閲覧者を増やしたくて、人の目を引きそうなことをよく考えもせずに書いているだけだ。昨日のことがどう書かれているかは見ていなくてわからないが、興味を持たせるように話が大きくなっているのだろう。

「昨日のことは僕が悪いんです」

「違うよ。わたしが悪いんだよ」久野ちゃんが僕を見る。やっと目が合った。

「揉めてなかったじゃん。僕が悪いんだよ。先に僕と河村さんが揉めていたんだから」

「だからさ、違うんだよね。抱き合ってたじゃん！」口調が怒っているように早くなる。

「色々あったとしても、その前に色々あったんだよ！」引っ張られるように、僕も声を荒らげてしまった。

「色々あったとしても、わたしが悪いの」

「どうして？　久野ちゃんさ、河村さんとクラス違うし、仲いいわけじゃないよね？河村さんが勝手にキレただけじゃん。それで、キレた原因は僕にあるんだよ」

「仲良くはないけど、知ってるもん！　涼ちゃんの元カノなんでしょ？　抱き合ったりして、また付き合うんでしょ？　わたしと西澤君に会わなかったら、あの後に何する気だったの？」

「違うって言ってんじゃん！　付き合わないよ！」

「付き合ってないのに、あんなところで抱き合ってるって意味わからないんだけど」目を逸らし、僕がいるのとは反対側の壁の方を見る。

「ちょっと待て。オレを置いていくな」有村先生は立ち上がり、僕と久野ちゃんの肩に手を置く。「二人とも、深呼吸しろ」

　僕も久野ちゃんも先生の方を向いて座り直し、大きく息を吸って吐き出す。流れる汗を久野ちゃんはタオルで拭き、僕は先生がさっき持ってきたティッシュを一枚もらって拭く。

　姿勢も気持ちも立て直したが、ここで何か話してもまた同じやり取りが繰り広げられるだけだろう。僕と河村さんの関係に対する久野ちゃんの誤解を解かなくては話が進まないが、有村先生の前でこれ以上その話はしたくない。そこら辺はうまくごまかして、河村さんが勝手にキレたことにしたかった。

「別々に話した方がいいと思います」僕から提案する。「四人それぞれで考え方に差がありまして、このままだと話が終わりません」

久野ちゃんも同意してくれると思ったのに、何か言いたそうなアヒル口をして、鋭い視線を僕に向けてきた。こんな時でも、かわいいなと思ってしまうし、抱きしめたいと思う気持ちで身体がザワつく。

「そうだな。じゃあ、先に涼太と話すから久野は廊下で少し待っていてくれるか？」

「はい」

先生に言われ、久野ちゃんは生徒指導室から出ていく。ドアが閉まる寸前にまた鋭い視線を向けてきた。

生徒指導室の前に座り、久野ちゃんが出てくるのを待つ。放課後は部活に出るのだろうから、話すならば昼休み中しかない。出てきたところを捕まえなければ、また逃げられてしまう。

僕と有村先生の話は五分もかからずに終わった。

河村さんと付き合っていたことは久野ちゃんが言ってしまったけれど、それ以上は話さないようにした。言いたくないことは言わずに、うまいこと伝えようとしたが、言えないことが重なっていき、嘘ばかりとわかる話になってしまった。

河村さんが久野ちゃんに何を言ったかも言いたくなかったし、久野ちゃんと西澤の関係もどう言っていいかわからなかったし、僕が西澤を止めようとして失敗したことも言えなかった。失敗したことは言っても良かったのだけれど、なんて言って止めようとしたかを聞かれたくなかった。

　自分がカッコ悪くならないそれっぽい言い訳をして、野球部に入らなかったくせに、西澤が羨ましくてしょうがなかった。甲子園に行きたくても、野球部でレギュラー争いをする度胸がなかった。それなのに西澤に嫉妬して、その思いを昨日ははっきりと口に出してしまった。

　辻褄を合わせようとして混乱しながら話し終えると、有村先生はわかったとだけ言い、何も聞いてこなかった。

　ドアが開き、久野ちゃんと有村先生が出てくる。

　久野ちゃんは僕を見ると、先生と何か話していた口を閉じた。困っているような表情で斜め下を向く。先生は僕と久野ちゃんに二人は悪くないから気にするなよとだけ言い、パイプ椅子を持って職員室に入っていった。

「話したいことがあるんだけど」教室に戻ろうとしていた久野ちゃんに言う。

「涼ちゃんとは話したくない。昨日も言ったでしょ」

　階段を上がっていってしまうので、後を追う。走り出されたら追いつけないと思ったが、一歩一歩ゆっくりと上がっていく。久野ちゃんは振り向いて後ろ向きで歩き、動きに警戒するように僕の足下を見ている。

「納得できないよ。僕の話も聞いてほしい」

「話したくないの」

「昼休みの間だけでいいから、話したい」

「話したくないの」

「どうして?」

僕が聞くと、久野ちゃんは立ち止まる。前髪の下に手を入れて、眉間の皺を広げるように擦っていた。

「ここじゃ、人がいるから他のところに行こう」階段を下りてくる。僕の前も通りすぎて二階に戻り、更に下まで行く。

「どこに行くの?」

後を追って、僕も階段を下りる。一階まで下りて、昇降口に向かって廊下を歩く。

「どこがいいの?」

「どうしよう」

階段や職員室前の廊下で話しているのはマズイと思ったけれど、どこがいいか考えていなかった。

屋上は昼休みは弁当を食べたり、バレーボールやバドミントンをするのに使われている。中庭も同じように人が多い。でも、空き教室や理科実験室に二人でいるのは、ばれた時に良くない噂をされる。二号館五階の空き教室は、先輩達がお弁当デートをするのに使われている。弁当を食べる以上のことをやっているのを一号館五階の美術室から覗くことができた。図書室でいいかと思ったが、委員会の先輩がいたら話しにくい。

「プール行く？」久野ちゃんが言う。

「それは、ちょっと」

真面目な話をしに行くのであり、落とされたりしないと思っても、なるべく近寄りたくない。

「じゃあ、どうするの？　昼休み終わっちゃうよ」苛立っているような、いつもより高い声だった。

「プールで」

迷っている時間はないし、他にいい場所が思いつかなかった。

昇降口を出て、プールに行く。前に入った時と同じように裏へ回ってプールサイドに出る。正面の入口は鍵がかかっているのだけれど、こっちはいつも開いていると久野ちゃんが言った。顧問が鍵を開け忘れた時にはこっちから入る。そう話しながら、口調が落ち着いていった。

はしゃいだり、笑ったり、泣くのを堪えている姿ばかり見ていて、彼女が普段どんな顔をしているのか、まだ知らなかったなと気がついた。

久野ちゃんは靴下と上履きを脱ぐ。僕も裸足になる。プールに落ちたのは、すごく前のように感じたが、三日前だ。先週の僕は、久野ちゃんを期末テストの日にトマトを投げてきた女としか思っていなくて、名前も知らなかった。

プールには近寄らずに屋根の下にある見学者用のベンチに座る。ベンチの下に昨日の雨が残っていて、濡れていた。滑りそうなので、足を伸ばして座る。風で飛ばされてきた葉っぱがプールの水面に浮かんでいる。水面が揺れると、葉っぱも動く。

「夏休みね、仙台に帰るの」久野ちゃんが言う。「部活の練習や大会もあるから、八月に少ししか帰れないけど、雄基と会ってくる。最近は少しずつだけど外に出られるようになったんだって。なるべく近くにいたいなって思う」

「そのまま、仙台に残ったりしないよね？」

「それはないよ。一緒にいすぎるのがいけないって言われても仙台にいた時は、よくわからなかった。雄基がわたしを頼りにしているならば、離れないでそばにいてあげたいって思ってた。でも、それは駄目なんだって、わかるようになった。地震の後、わたしも外に出るのが怖かったの。雄基のことがあって、自分は他の人よりも大変なんだって考えて、楽しようとした。二人で甘え合ってしまって、わたしも雄基もどこにも行けなくなった」

「甘えてもいいんじゃないの？」

久野ちゃんはベンチの上に両足を上げて体育座りをする。膝に顔を近づけ、首を横に振る。そのまま膝を見つめて、動かなかった。背中が微かに震えて泣いているのかと思ったけれど、手を伸ばせなかった。

「河村さんのことだけど」僕が言う。「中学二年生の時に二週間だけ付き合った。河村さんは今も僕が好きなのかもしれない。でも、僕はなんとも思ってない。また付き合うなんてことは、絶対にない」

「昨日、涼ちゃんと河村さんが相合傘してるの見て、羨ましかった。わたし大きいから、涼ちゃんと並んだらバランス悪いだろうな。自転車の二人乗りも重かったよね」

「河村さんと相合傘なんかしてないよ」

差し出した傘は撥ね飛ばされてしまったし、西澤と久野ちゃんが来た時には傘をさしていられなくて、僕が手に持っていた。

「嘘だ」久野ちゃんは顔を上げて、足を下ろして座り直す。

「どこで見たの？」

「学校の前で相合傘してたでしょ？」

「それ、望月だよ」

身長が同じくらいで体型や髪型が似ているから、見間違えたのだろう。

「誰？　望月さんって」身を乗り出して、僕に近寄ってくる。

「七組の望月さん」

「ふうん。知らない。仲いい女の子がいっぱいいるんだね」身体を引いて、不満そうに頬を膨らます。

アヒル口になったり、頬を膨らませたり、大きく口を開けて笑ったり、久野ちゃんは口の周りに感情が出る。そのパターンは、話すようになってまだ五日目だが、だいたい把握できている。河村さんのことも望月のことも嫉妬しているんじゃないかと思うが、突っこんでも、口を尖らせて目を逸らされるだけだろう。

「望月は幼なじみっていうだけで、何もないよ」

「言い訳しなくていいよ。わたしには関係ないもん」

「じゃあ、不満そうにしないでよ」

「してないもん。わたし、西澤君と付き合うんだから」

「はあっ？」

「西澤君とちゃんと付き合おうと思う」口の中に溜めていた息を吐き出す。プールを見つめるように正面を見て、真剣な表情になった。「こっちに来てから、ずっと優しくしてくれて、支えてくれた。何があってもそばにいるって言ってくれた。処分がどうなるかわからないけど、これから大変になると思う。わたしが甘えるだけじゃなくて、西澤君もわたしを頼ってほしい。野球やめないでほしい」

「久野ちゃんは、本気で西澤に甘えてるの？」

西澤は愛美ちゃんがオレを好きになることはないと言っていた。久野ちゃんが西澤の気持ちに気がついているならば、期待させないようにそれなり以上の距離を取っていたんじゃないかと思う。僕のことを涼ちゃんと呼んでいるくせに、西澤のことを西澤君としか呼ばないのは、はっきりと線を引いている証拠だろう。

「甘えてるよ。西澤君、優しいし。同じ高校に入るって言ってくれて、学校に来れなかった時も会いにきてくれた」

「西澤のことを好きなの？」

「大切に思ってる」

「大切じゃなくて、好きなの？　男として、好きなの？　付き合うっていうことはさ、キスしたり、それ以上のこともしたりするんだよ。そういうことができるくらいに好きなの？」

久野ちゃんを想う西澤の気持ちはわかる。僕なんかと比べられないくらい強い気持ちで、彼女のことを想っている。昨日のことやこれからのことを考えれば、二人が付き合うという選択は正しいかもしれない。でも、正しいとか正しくないではなくて、僕は久野ちゃんの気持ちを通してほしい。

西澤を好きだと言うならばしょうがないが、このままでは諦められない。僕を選んでほしいなんて言えないけれど、一番幸せになれる選択をしてほしかった。

「好きになるよ。これから時間をかけて、好きになる。誰よりも大切にしたいって思うから」

僕の方を見ないで、プールを見たまま喋る。表情を変えないように注意しているのか、顔も口調も硬くなっていく。

「そういうことじゃなくてさ」

「西澤君、わたしと涼ちゃんがいるの嫌がると思う。二人に何があったかは知らないけど、仲良くないんでしょ？　河村さんのことは誤解だってわかった。でも、西澤君のためにもうわたしには話しかけないで」

「そうじゃなくて」

「うちのクラス、五時間目体育だから。教室に戻るね」立ち上がり、プールサイドを歩いていってしまう。

「ちょっと、待ってよ」

「来ないで！　来たらプールに落とすよ」

振り返ってそれだけ言い、久野ちゃんはプールサイドを走っていく。靴下は手に持ち、上履きだけ履いて、全速力で昇降口に向かって走っていってしまった。

プールにしたのは間違いだった。慌てて立ち上がったら、濡れているところを踏んでしまい、足が滑った。走って追いかけたら、落とされなくても滑って落ちてしまうかもしれないと思い、足が止まった。プールサイドはそんなに狭くないし、何度も同じミスはしないと思っても、足が竦んだ。

靴下も上履きも履いてからプールを出る。生徒指導室もプールサイドも暑くて喉が渇いた。

ジュースを買いにいきたいが、財布を持っていない。ポケットを探ってみても、出てきたのは糸屑だけだった。

教室に戻るの面倒くさいな、誰かいないかなと思っていたら、昇降口に西澤が立っていた。僕を睨んでいるように見えるが、気のせいということにしておこう。百円貸してと言っても貸してくれないだろうし、教室に戻るしかなさそうだ。購買や学食に誰かいないか探しにいくという賭けは負ける気がする。

西澤の前を通りすぎ、昇降口に入る。何か言われると思ったのに、何も言われずに通れてしまった。

「言いたいことがあるんじゃないの？」わざわざ戻って、僕から話しかける。

「あるけど、何から言おうか迷ってた」

「あのさ、百円くれない？」手の平を出し、試しに言ってみる。

予想はしていたが、手の平を叩き飛ばされた。無言で、体格と目力で威圧してくる。

「暴力だ、暴力。野球部なのに、暴力振るった」叩かれた手の平を押さえる。

「お前さ」

「ごめんなさい」

ちょっとした冗談のつもりだったのに、西澤の目が本気で怒っているように見えたから、謝っておく。

僕だって小学校の六年間と中学校の三年間で合わせて九年間も野球をやっていて、手の平はそれなりに硬い。それでも、痛いと感じた。開いてみたら、真っ赤になっていた。河村さんを叩き飛ばした以上に力を込めたなと思ったが、騒ぐようなことではない。

「百円貸してよ。喉渇いたんだよ。財布持ってんだろ」

ズボンの後ろポケットから黒い長財布がはみ出していた。

「奢ってやるよ。お前と話すのもこれが最後だ」

「野球やめて転校すんの？」

処分次第では、そうなる場合もあるだろう。野球部をやめたら、体育クラスにはいられなくなる。

「しないよ」

「ああ、そう」

昇降口を出て、購買の方に歩いていく。五時間目の予鈴が鳴る。あと十分で昼休みが終わる。

学食や購買から教室に戻っていく友達とすれ違った。西澤なんかに声をかけなくても、誰かに借りられた。この程度の賭けに負けると思うなんて、気持ちが弱りすぎている。

「友達、多いんだな」西澤が言う。

「内部生だからな。西澤だって友達は多いんじゃないの？　体育クラス仲いいじゃん」

一クラスだけ特殊な分、体育クラスは団結力が強いし、仲がいいように見えた。

「仲いいけど、友達っていうのとは違う。ライバル意識は強いし、逆にそれがない奴とは仲良くする気にもなれない」

「へえ、色々と複雑だな」

そんなシビアなクラスメートの方が仲良くできないと思ったが、当たり障(さわ)りがなさそうなことを言っておいた。

「小学生の時もさ、涼ちゃんは軽々とみんなに声かけて、みんな友達って言ったりしているの見て、あいつ恥ずかしくないのかなあって思ってたよ」

「みんな友達なんて、そんな恥ずかしいこと言ってないよ」

「言ってなかったかもしれないけど、そういうオーラを出していた。いつも周りにたくさん人がいて、みんなに涼ちゃんって呼ばれていて、楽しそうでいいなって思いながら、オレは遠くで見ていることしかできなかった。どうしてオレはそこに入れてもらえないのかな、どうしてオレだけいじめられるのかなって、ずっと思っていた」

「その陰険な性格は直した方がいいぞ」

途中までは僕の社交性を褒めてくれているのかなと思って聞いていたけれど、嫌味に落とすための前振りだったようだ。

僕は小学生の時にわざとではなくても西澤をいじめてしまった。嫌味を言われるのはしょうがないかもしれないが、こんな性格の男に久野ちゃんを守れるとは思えない。

「わかってるよ。でも、涼ちゃんを見ると言いたくなるから、今日を最後にもう話さないって決めたんだ」

「そうか。僕はどっちでもいいけどな」

クラス替えをしても、体育クラスは体育クラスのままだ。西澤と僕が同じクラスになることはない。委員会や行事で関わることもないだろう。話さないと決めたら、離れてしまう。話さなくても困ることはないし、話したいとも思わない。西澤と久野ちゃんが付き合うんだったら、二度と顔も見たくない。それでも、つまらなくなるなと思う気持ちがほんの少しだけあった。

購買に入り、自動販売機で西澤はリンゴジュースを買う。百円入れて、好きなのを押せと言われたから、オレンジジュースを奢ってもらった。

「それで、処分はどうなったの？」僕が聞く。

「まだ確定じゃないけど、野球部としての処分はなし、予選期間はオレが部活を謹慎するっていうことで決まると思う」

思ったよりも軽い処分だなと思ったが、西澤が高校に入学して三ヶ月半の間、予選の先発メンバー入りを目指して練習して来たんだと考えたら、重く感じた。夏の予選は特別で、秋季大会の結果やその他を考慮して決まる春の選抜出場とは別物だ。三回だけしかないチャンスの一回を潰してしまった。

「悪かったな」

「何？」

「悪かったな」

「何？」

「しつけえよ」

僕が睨むと、西澤は笑っていた。わざとらしい引き笑いではなくて、思わず笑ってしまったような、自然な笑顔だった。

「いいよ。手を出したオレが悪いんだ。愛美ちゃんのためにと思ったけど、余計に傷つけることになった」

「そのおかげで、久野ちゃんはお前を選ぶって決めたんだから、良かったたな」

購買を出て、昇降口に戻りながら話す。西澤はリンゴジュースを飲みながら歩いていたけれど、僕はオレンジジュースは飲まないままにしておいた。奢ってもらってしまったが、お礼を言う気になれなかった。

「愛美ちゃんが本気でオレを選んだと思うか？」

「思わないよ」

「本気じゃなくても、オレを選んでくれたならば、断る気はないけどな」

「それでいいのか？　もっと男らしくなれよ。だから、僕みたいなのにいじめられんだ」

「どうしても手に入れたいもののためには手段なんか選ばないんだよ」

「やっぱり、ドーピングとかしてんだろ？　デカくなりすぎだもんな」

「涼ちゃんが小さいんだよ」

「うるせえよ」

昇降口から校舎に入り、階段を上がる。三階まで上がったところで、僕も西澤も三組の教室の方を見た。ジャージを着て、ロッカーの前に立っている和尚と目が合った。上履きを脱いで体育館履きに履き替えている。何も言わずに手を振り合う。

ロッカーの前には同じように上履きを履き替えている男が何人かいて、女子も何人かいた。久野ちゃんの姿は見当たらなかった。

「西澤君」

聞き憶えがある声に微かな寒気がして振り返ると、河村さんが立っていた。ずぶ濡れになったはずの制服はシミ一つなくキレイになっている。

「何？」西澤は苦手なものを見たように後ずさりする。

「昨日はごめんね」

「気にしないで」

「わたしのせいで予選出られなくなっちゃうんでしょ」

「うん。でも、気にしなくていいから」

二人のやり取りを見て、おかしいなと感じた。有村先生は河村さんは西澤が悪いと言っていると話していた。蹴り飛ばして逃げた時の怒りを持ったままなんだと思っていたが、昨日まで僕に向けられていた湿っぽい視線が西澤に向いている。

西澤だけを見つめて、引かれているのも気にせずに身体を寄せていく。僕なんか目にも入っていないようだ。一晩でどういう心境の変化があったかは知らないけれど、僕がターゲットから外れたのならば、それで構わない。もったいないことをした気もするが、湿っぽい視線は充分に浴びた。僕は河村さんのことを今日を最後に忘れよう。

「河村さん、制服どうしたの？」それだけ確認しておく。

「昨日の夜にクリーニングに出して、今日の朝、パパに取ってきてもらった」答えてくれたが、僕の方は見ないで、ずっと西澤を見ている。

「青野書店の裏？」

「そう」

「あそこ早いからね」

「うん」返事が素っ気なくなっていく。

西澤は壁まで追いつめられて、僕に助けを求めるような視線を向けてきた。久野ちゃんと西澤が付き合うと知ったら、河村さんがまたキレそうだけれど、それは三角関係であり、僕が入ることはできない。

「じゃあ、二人とも元気で」

何か言いたそうにしている西澤は無視して、階段を上がる。

河村さんは最後だけ僕を見て、手を振ってくれた。振り返したら、彼女を好きになろうと思っていた中学生の時の気持ちを思い出した。

教室には戻らずにそのまま階段を上がり、屋上に出る。

まだ何人か残っていたが、五時間目が始まるチャイムが鳴り、誰もいなくなった。

二号館の教室から見えないように給水タンクの陰に隠れ、グラウンドの方を向いて座る。三組の体育も体育館だし、こんな暑い中で外で体育をやっているクラスなんてない。

夕方になると飛び出してくるカラスは、この時間には一羽も見当たらなかった。屋上のどこかに巣があるはずだと言われているが、どこを探しても見つからない。

グラウンドもプールも野球グラウンドも目に見える範囲には誰もいなくて、学校に一人でいるような錯覚を感じた。

西澤に奢ってもらったオレンジジュースを飲む。

失恋したんだという気持ちがジワリと身体中に広がっていく。こみ上げてきそうになったものをオレンジジュースと一緒に身体の奥に流しこむ。学校中を走り回ったのも、プールに落ちたのも、自転車で二人乗りしたのも、夢の中の出来事に思えてきた。久野ちゃんが笑っている顔が頭から離れなくなる。

何もできなかったし、何も言えなかったくせに、こんな風に思うのは情けないと思っても、会いたい気持ちが苦しくなるくらいに全身を襲う。

「泣いてんの？」給水タンクの向こう側から青野が顔を出す。

「何やってんだよ！」

「涼ちゃんの泣き声が聞こえたから来てあげたんだよ」僕の隣に来て、並んで座る。

「泣いてねえよ！」

「泣きたいことがあったんじゃないの？　さあ、オレの胸で泣きなさい」両手を大きく広げる。

「泣かねえよ！　教室帰れよ！」流れ落ちそうになっていた鼻水を啜る。

「冷たいなあ。決死の覚悟でここまで来たのに」

「どうやって出てきたの？」

「五時間目、化学だよ。この世の終わりが黒板書いている間に堂々と出てきた」

　この世の終わりは授業の始めに、小さな字で黒板にびっしりと書き込む。その間、僕達が喋っていても、教室から出ていっても何も言わない。

　足下が揺れる。地震だと思って周りを見たが、柵も避雷針も電線も何も揺れていなかった。

「揺れた？」青野に聞く。

「さあ」

「今年の十二月で世界が終わるんだよ」

「知ってる」

「誰に聞いた？」

「映画もあるし、有名な話じゃん。テレビとかで特集もやってたよ。うちの店で売ってる雑誌にも記事が載ってたし」

　そう言われれば、櫻井君にも年末には世界が終わるんだから、悩みすぎるなみたいなことを言われた。何かいい話をしてくれた気がするが、その後の騒ぎのせいで忘れてしまった。

「ちなみに今日は十三日の金曜日だよ」

「へえ」

「それだけ？　涼ちゃんなら、もっといい反応してくれると思っていたのに」

「だって、十三日の金曜日って何が起こるの？」

不吉な気がして怯えてみても、その理由は知らない。キリスト教の何かとしか聞いたことがなかった。

「さあ。ジェイソン的なものが襲ってくるんじゃん」

「来るといいな。ジェイソン的なもの」垂れてきた鼻水を青野のワイシャツの袖を引っ張って拭く。

「うわっ。汚っ」

「脱げばいいだろ。脱げば。さっき脱いでたじゃん」

「帰れねえじゃん」ワイシャツを脱いで、鼻水がついたところを僕につけようとする。

「駅まで歩くだけなんだからTシャツで帰れよ」

うっかり手で触ってしまわないように足で蹴ってよける。オレンジジュースを横に置く。

「涼ちゃん、メール見ただろ？」

応戦してくるかと思ったのに、ワイシャツを置き、両手を押さえこんできた。遠くから見たら、僕が青野に押し倒されているみたいに見えるかもしれない。

「なんのこと？」首を捻ってごまかす。

「図書室でメール見たよな？」

「急に話題変えんなよ」手を振り払って逃げる。「そもそも我々は冷戦状態にあったはずだ。気安く声をかけてくるな。開戦宣言をしたのはお前だからな！」

給水タンクの陰を離れ、広いところに出る。二号館で授業をやっている先生に気がつかれないように、静かに動き回る。互いに距離はつめず、円を描いて横に歩く。

「そっちこそ、話題変えてごまかしてんじゃねえよ！　ごまかすってことは見たんだよな？」

「本当のことを言ってやってもいいが、先に望月のことを説明しろ！　それが僕を避けた理由だろ」

「それはさ」

青野は戦意を喪失したような力が入っていない声を出して、その場に座りこむ。僕も隣に座る。給水タンクの陰よりも地面が熱い。ずっと座っていたら、火傷しそうだ。オレンジジュースを取ってきて飲み干す。

「何？」

「好きだと思ってたよ。付き合ってる間も楽しかったし、オレのために頑張ろうって思ってくれているのもわかって、大切にしようと思った」

「やることばっかり考えていたのに？」

「やりたい気持ちと同じくらいに大切にしようっていう気持ちもあったんだよ！」

「へえ、僕にはよくわかりませんね」

　女の子を好きになるということとセックスをするということが僕の中で結びついていなかった。久野ちゃんに触りたいと思うし、このまま久野ちゃんと西澤が付き合ってセックスしたら悶え苦しむだろう。それでも、僕が久野ちゃんとやるというのは、妄想はできても想像ができない。もう話しかけないでと言われてしまい、考えるだけ意味がないことだ。

「涼ちゃんの幼なじみだし、ヘタなことはできないって思ってた。でもさ、大切にしようって思う気持ちが強くなると、罪悪感みたいなものも強くなった」

「どうして？」

「忘れられない女がいるから」目に力を入れてシリアスを装っている。

「ごめん。その言い方は寒気が」鳥肌が立ったわけではないが、両腕を擦る。

「本気で聞く気あるのか？」

「あるから、かっこつけるのはやめて。キモイから」

「それで、その忘れられない女から来たメールを涼ちゃんは読んだよな？」座ったまま動き、僕の正面に回ってくる。

「読んだよ。液晶に出た冒頭の二行だけね」嘘を吐くのも面倒くさくなってきたので、正直に言う。「でもさ、それって僕が悪いの？　そんなメールが来るかもしれないのに、僕にスマホを貸した青野が悪いんじゃないの？」

「返信がくるなんて思ってなかったんだよ」手と足を伸ばして寝転がる。「あれが初めてだった。それまでは何度送っても、返ってこなかった。望月からメールが届いたとしても涼ちゃんには見られていいと思ってた。松ちゃんからのは計算外だった。送信済みのメールは見ないってわかってたし」

「僕はスマホの使い方もわからないしね」

「それもあるけど、信頼してるんだよ」僕を見て、爽やかに笑う。

「キモイよ。今の笑顔」そう言いながら、信頼という言葉が胸に刺さったのを感じた。

久野ちゃんにもう話しかけないでと言われ、西澤にも同じようなことを言われ、河村さんの気持ちも僕から離れ、昨日の富君とのこともあり、自分の性格に不安を覚えるようになっていた。僕は人を傷つけることしかできない酷い人間なんだと感じていた。でも、僕のことを一番よく知っている青野が信頼してると言ってくれるならば、僕はまだ大丈夫だ。

「松ちゃんのことも望月のことも、涼ちゃんが怒ってるかもしれないと思って、昨日は会いにくかった」

「ふうん。まあ、許してやるよ」

「なんだよ、その偉そうな態度は」

　今日は朝からいつも通りに話しかけてくれて、こうして授業も抜けてきてくれた。言葉以上に態度で、青野が僕に悪いと思っているのも、僕を心配してくれているのもわかった。僕も怒っているフリをつづけられそうにない。

「松ちゃんと有村先生、結婚すんの？」

「本当に冒頭しか読んでないんだな？」

「うん」

「結婚を考えて付き合おうと思ってるんだって。それで、有村先生を困らせたくないからもうメールはしないでって」

「まだ付き合ってないんじゃん。チャンスはあるっていうことか」

　松ちゃんは僕の中では殿堂入りというか、他の女の子を好きになっても、常に一番の憧れとして存在している。先生と付き合うというのも禁断な感じがして良さそうだ。でも、恋愛として考えると、久野ちゃんが一番好きだ。松ちゃんとも他の女の子とも誰とも比べられないくらいに、久野ちゃんが好きだ。

「やめとけって。敵は怖いくらいに頑なだぞ」起き上がり、青野は腕や背中についた小石を払う。

「どうして、松ちゃんのアドレス知ってんの？」

「司書室で話した時にスマホ見せてもらうフリして、こっそり調べた」

「最低。男として最低。人としてもサイテー」

「うるせえよ。オレが辛い思いしてるのに、涼ちゃんは和尚の携帯から帰るってメールしてきただけだったしさ。そう思うと、開戦宣言したのは涼ちゃんじゃないの？」

「ああ、そうだったね」空になったオレンジジュースのパックをつぶして、折りたたむ。一昨日の夕方は青野の家に行くはずだったのに、和尚にメールを送ってもらって家に帰った。久野ちゃんのことで頭がいっぱいで、フォローするのを忘れていた。青野だし、フォローしなくてもいいやと思って、そのままになっていた。

「いいよ、涼ちゃんも色々と大変だったらしいじゃん。昨日の夜に何があったかは、櫻井君に聞いたけど」

「他にも色々あったんだよ」

久野ちゃんとのことは、青野にはほとんど話していなかった。トマト女が久野ちゃんだと発覚した以降のことを話せる範囲で話す。もう終わってしまったことだし、伏せるべきところは伏せて、楽しいこととしておもしろく話したかったのに、途中で泣きそうになった。寂しいとか悲しいではなくて、自分の身体中から溢れ出てくる感情に耐えられなくなった。泣くだけでは足りそうにない。駄々をこねる子供のように暴れ回りたかった。

「泣く？」青野が言う。

「泣かねえよ」

顔を見られないように立ち上がり、柵の前に行く。青野も隣に立ち、顔を覗きこんでくる。

「涼ちゃんはさ、このままでいいの？」

「だって、久野ちゃんがもう話しかけないでって言うから」

「そっか。じゃあ、狸に化かされたとでも思って、忘れちゃえばいいんじゃないの？夏休みになったら、何か楽しいことがあるよ」

「何かってなんだよ？」

「何かは何かだよ」

一番高いところに昇った太陽が僕と青野を照らしている。中庭や教室から見上げるよりも近く感じる。あと二ヶ月は暑い日がつづくんだ。四十日も休みがあっても何をしていいかわからない。楽しい夏休みなんて想像できないが、野球部やリトルリーグの練習がない初めての夏だ。今までとは違う何かが起こるかもしれない。

「青野、駅前のコンビニでアイス買ってきて」

「嫌だよ」

「アイス食べたい。アイス、アイス」柵を摑んで揺らす。

「自分で行けよ」

教室では今頃、この世の終わりが誰も聞いていない授業を進めている。涼しいのはわかっていても、戻る気がしなかった。

「本当にいいの?」青野が言う。

「いいよ。アイスで」

「違うよ。久野さんのことだよ」

「しつこいよ」

「涼ちゃんにとっては、初恋みたいなもんじゃん。河村さんのことも、他の女子のことも、涼ちゃんの恋バナをオレは全部聞いてるからわかるよ。そんな風に誰かのことを想うって今までなかったじゃん」

「うん」

河村さんの時は向こうから言われて気になるようになっただけだし、他にも好きだと思った女の子はいたけれど、久野ちゃんに対する想いとは違った。前は相手よりも自分が大切だった。自分が恥をかきたくないから声もかけられなくて、自分がカッコ悪く思われたくないから気になっていないと嘘をついた。

久野ちゃんに対しては、自分の性格や気持ちなんか考える隙間もなかった。彼女のことだけを考えていた。

「それなのに自分の気持ちを言わずに諦めるの？」

「だって」

「そんな奴とは思わなかったな。できないことはできないっていうのが涼ちゃんの潔さだけど、逆に好きなことには何も考えずに突っ走るっていうのも涼ちゃんだと思ってたのに」

「だって、久野ちゃんを傷つけたくないんだよ！」

「大丈夫だよ！　久野さんは傷つかない。久野さんがどう思ってるかなんてオレにはわからないけど、涼ちゃんに好かれて傷つく女はいない。それはオレが保証する。もし傷つくならば、それだけ久野さんも涼ちゃんを想っているからだ。でも、それなら涼ちゃんは告白するべきだ」

「でも」

「涼ちゃんが傷ついても、オレや和尚がそばにいるから」

「お前らがいても、しょうがないけどな」

青野の気持ちは嬉しかったが、そういう問題ではないんだ。久野ちゃんは西澤のそばにいると決めてしまった。僕は諦めるしかない。

「いいことを教えてあげようと思ったのに」

「何？」

「こっち、来て」二号館側に寄っていく。一番端に立ち、柵の隙間に手を出して、遠くを指差す。

僕もついて行き、隣に立つ。青野が指を差している先には、久野ちゃんのおばあちゃんの畑が見える。おじいちゃんとおばあちゃんが農作業をしている他に、もう一人誰かいる。うちの学校の制服を着た女子だ。授業をサボって、あんなところにいられる女子なんて、久野ちゃんしかいない。

「涼ちゃんを探そうと思って先に下に行ったんだよね。そしたら、中庭を通って裏門の方に行く久野さんが見えた。それで、屋上に来たら、畑にいるのが見えた」

トマト畑の前にしゃがみこんで、久野ちゃんは空を見上げていた。屋上にいる僕と青野に気がついたかもしれないと思ったが、すぐに下を向いてしまった。しゃがんだまま、動かなくなる。

「青野、僕に何かあったら、みんなで一緒に花火を見よう」

「何かあったらって、なんだよ」

「何かは何かだよ」

屋上を出て、階段を駆け下りる。

一階まで下りて、中庭を走り、裏門を出る。先生に見つかるかもしれないなんて考えられずに、畑まで行く。

久野ちゃんはトマト畑の前にしゃがみ込んだままだった。八百屋のタオルを頭に被っている。石を持って、土を掘り起こしていた。

「久野ちゃん」

僕が呼ぶと、手を止めて顔を上げた。開きかけた口を閉じて困っている顔をする。

「何してんの？」

「久野ちゃんこそ、何してんの？」

「サボってんの」タオルを外して首に巻く。

「僕もサボり」

蝉の声が大きくなる。

「もう来ないで」

久野ちゃんは畑を出て、川沿いの道を走っていく。

「待ってよ」

僕も走って追いかける。

「来ないで」

「僕の話をもう一度聞いてほしい」

「嫌だ」

駅の方に向かってまっすぐに走っていき、橋を林の方へ渡る。川と林の間の細い道を今度は学校の方に向かっていく。途中で狸が出てきて、よけるために久野ちゃんはジャンプした。これで、速度が少しは落ちるかと思ったが、勢いを落とさない。僕も狸をよけるためにジャンプする。石や木の枝が転がっているが、お互いに条件は同じだから、距離が縮まらない。

また橋を渡り、学校側の道に戻る。学校に入るかと思ったが、さっきと同じように駅の方に向かって走っていく。

「話を聞いてよ」

「涼ちゃんとは話したくないの」

ここまで逃げられると、本気で嫌われているだけなんじゃないかという気もしてくるが、違うという確信があった。

どうして確信できたかなんて自分でもわからないけれど、久野ちゃんは嫌いな相手と対した時には逃げないと思う。弟の雄基君のことも、西澤のことも、逃げ出したいくらいに苦しいはずなのに、向き合おうとする。今の学校生活や部活が楽しいことには罪悪感を覚えている。ボケようとして、笑わせようとして、楽しいことが好きなはずなのに、そう思ってはいけないと考えるようになってしまったんだ。

久野ちゃんのおじいちゃんとおばあちゃんが笑いながら僕達を見ている。屋上から青野も見ているだろう。

駅に向かって走って、橋を渡って、学校に向かって走って、橋を渡って、また駅に向かう。何周も走りつづけているが、二人とも同じように速度が落ちるので、どうしても追いつけない。

距離は少しずつ近付いているように感じるが、手を伸ばしても届かない。あともう少しなのに、その少しが遠い。

富君のことも、望月と青野のことも、西澤や河村さんのことも僕には何もできなかった。できないことはできないままでいいと思っていたけれど、そんなことはない。久野ちゃんのことは、どうしても諦められない。

「久野ちゃん、僕は久野ちゃんが好きなんだよ」息が苦しくて、頭がぼうっとしてくる。

「何、言ってんの？」

橋の上で立ち止まり、久野ちゃんは驚いているのと困っているのが入り混じった顔で僕の方を振り返る。暑いのか、恥ずかしいのか、逆パンダ灼けしている顔が真っ赤になっていた。

多分、僕のほんのりとしか陽に灼けていない顔は、もっとわかりやすく赤くなっている。

「ちょっと、待って」橋の上まで行き、久野ちゃんの手を握ってしゃがむ。

久しぶりに全速力で長距離を走ったせいで、吐きそうだった。手を握って逃がさないようにして、息を整える。もう一周走っていたら、逃げ切られていた。久野ちゃんは現役で部活をやっているだけあり、立ったままで息を整えている。

「逃げないからはなして」

「駄目。逃げるもん」手を強く握る。

「逃げないよ」

そう言いながら、久野ちゃんは手の向きを変えて、僕の手を強く握り返してきた。

「僕は久野ちゃんが好きなんだ。久野ちゃんのそばにいたい。一番そばで、支えられるようになりたい」

「走って追いつけないのに、泳げないくせに」手を握ったまま、僕の正面にしゃがむ。

「支えられる自信なんてないけど、笑っていてほしい。久野ちゃんの笑っている顔を見ていたい」

「西澤君と付き合うって決めたの。涼ちゃんとは一緒にいられない」

「西澤のことが好きだって言うならばしょうがないけど、そうじゃないなら、付き合わないでほしい」息切れして、言葉が途切れる。「僕を選んでほしい。今、僕のことを好きじゃなくても、久野ちゃんはきっと僕を好きになる。一昨日、雄基君の話をした時に言ったよね。僕と話してると楽しいって、会いたいと思うって。河村さんのことだって、あんな風に怒るのは嫉妬してんだよね」

「そうだけど、涼ちゃんのことは選べない」

「どうして？」

「わたしも涼ちゃんと一緒にいたいよ。でも無理なの」

「どうして？　一緒にいたいと思ってくれるなら、一緒にいてほしい」

「でも」

「でもの先は僕も一緒に考える。雄基君のことも西澤のことも、僕には何もできないかもしれないけれど、久野ちゃんが一人で背負うことじゃない。何があっても久野ちゃんが笑っていられるように、そのために僕は君のそばにいる。君が君の気持ちを捨ててしまったら、誰も幸せにはなれない。久野ちゃんは久野ちゃんが一番幸せになれる選択をするべきだ」

「君って呼ばれるのは気持ち悪いって言ったじゃん」

表情がクシャクシャと崩れて、久野ちゃんは泣き出してしまう。泣きそうな顔は何度か見たけれど、涙を流しているのを見るのは初めてだった。

「泣け、泣け」なぜか嬉しくなって、笑ってしまった。

「うるさいよ」繋いでいるのとは反対の手で、首に巻いていたタオルを外して涙を拭く。

「泣けるだけ泣きなよ」

「本当は仙台に帰るの不安なの」タオルに顔を埋めて喋る。「雄基に会うのも怖いの。西澤君のこともどうしたらいいかわからなかったの」

「そういうことをこれからは僕に話して」

「仙台から戻ってくるのを待ってて」涙を拭いて、深呼吸して息を整える。真っ赤になったままの顔をタオルで隠そうとする。

「待ってる」

繋いでいる手にもう片方の手を添える。簡単にうまくはいかないとわかっているが、この手をはなす気はない。

「あっ！　あれ、あれでしょ？　ＩＳＳ」久野ちゃんはタオルから顔を上げて、空を指差す。「国際宇宙ステーションでしょ？　きぼうだよね」

手は繋いだまま、僕も空を見上げる。青い空を白い光が横切っていく。

「違うよ。こんな時間には見えないよ」

ＩＳＳが日本から見える時間ではない。飛行機ではないし、飛んでいる場所の高さを考えるとヘリコプターでもない。人工衛星もＩＳＳと同じように明け方か夕方にしか見えないはずだ。空に浮かぶものを他にも考えてみるが、どれでもないだろう。光が大きすぎるし、異様に明るい。

「UFO？」

「隕石？」

「知ってる？　今年の十二月に世界が終わるんだよ」久野ちゃんは自慢するように言う。

「知ってる」

「なんだ」口を尖らせて、残念そうにする。

虹や蜃気楼みたいな気象現象ですぐに消えるだろうと思ったのに、光はゆっくりと動き、大きくなっているように見える。

「来週の花火大会、一緒に行こう」空を見上げたまま、久野ちゃんに言う。

さっきは勢いで好きだと言えたが、誘うのはすごく恥ずかしかった。手に汗をかいているのが急に気になり、はなそうか迷ったけれど、繋いだままにしておいた。

「うん。それまで世界があればね」

「あるよ」

「UFOに攻撃されて人類は滅亡するんだよ」

「隕石だって」

「どっちにしても世界は終わるよ」

「そうだね。いつ終わるかわからないから、それまで一緒にいよう」

何も答えてくれなくて、どうしたんだろうと思って久野ちゃんの顔を見たら、嬉しそうに笑っていた。

五時間目が終わるチャイムの音が鳴り響く。

解説――世界の終わり直前の若者たち

高田　亮

『夏のバスプール』で描かれているのは、その年の一二月には世界が終わると囁かれている二〇一二年夏の、高校生たちの物語だ。

二〇一一年に震災があり、原発事故のあった翌年当時、終末論にはどこか真実味があったように思う。当時子供が生まれたばかりだった我が家では放射能の影響を恐れ、抜き取りで放射線量の測定をしている宅配サービスで食材を買い求め、ミルクに使う水は九州から取り寄せていた。そんなことは、それまでの生活では考えられないことだったから、世界の（というか日本の）終末が近いように感じながらも、なんとか気持ちを前向きにしようとしていた気がする。

そんなことを思い出しながら、この『夏のバスプール』を読んでみると、作中の若者たちは放射能の影響も、終末論もまるでおかまいなしに、トマトを投げ、二階から飛び降り、雨に打たれている。学校では「この世の終わり」がうろうろしているというのに、彼らは、好かれているのと同じようには好きになれないことや先生に片想いをすること、何の配慮もなく放った言葉や行動で人を傷つけていたことや自分の才能のなさを自覚して野球をやめざるを得なかったこと、初めて口をきいた女子が数日の内に自分にとって大事な人になることの方が大事なようにも見える。それは、痛々しくもたくましさを感じさせるものだ。

物語は、高校生の涼太が、仙台からの転校生、久野にトマトを投げつけられ、「胸がつまるような苦しさを一瞬覚え」たことから始まる。

こんな男女の出会いを、僕も書いてみたかった、と思わせられる始まりだ。

その後、涼太は、明るく溌剌としている久野に惹かれていくのだが、涼太と顔がよく似ている彼女には、ある事件で野球をやめざるを得なかった弟がいて、その面影を涼太に見ていたのだとわかってくる。身内に似ているという親しみから、彼女はトマトを投げ、身内でも何でもない涼太は、当然、それを受け取ることが出来ず、単にトマトを投げつけられただけだと思ってしまう。この時、すでに二人の関係は出来上がっている。

そんな気持ちの温度差を端的に動きで示してみせた上、ほとんど全ての登場人物同士が、様々な気持ちの温度差を持って関わり合っていく物語でもあるということをここで強く打ち出しているのかも知れない。

例えば、涼太の親友、青野は望月という女子と付き合っているのだが、松ちゃんという女性教師に片想いしていて、それを涼太には隠しているし、その松ちゃんは、有村という男性教師と「結婚を考えて付き合おうと」している。

涼太には、中学の時に二週間だけ付き合った河村という元カノがいて、告白された嬉しさから付き合ってしまったのだが気持ちは盛り上がらず、それが見透かされたのか、別れを切り出された。にもかかわらず河村は、別れた後も彼が忘れられないのか、学校で涼太と顔を合わすと「湿っぽい目で」見てくる。

小学校の頃に涼太とリトルリーグで一緒だった西澤は、一年生だというのに野球部のレギュラーで、高校で野球部に入るには実力がないからとあきらめた涼太に対して、「練習きつくて大変」とか、同じリトルリーグだった幼なじみのことを「ヘタなのに野球をつづけてる意味が分かんなくない？」などと、嫌みのようなことばかり話してくるのだが、これは、小学生の頃、涼太にさんざんバカにされていた西澤の復讐なのだった。それが仕返しだと気づいていない涼太は、彼をいじめていた自覚すらなかった。

涼太は、文化レベルの高い富永という生徒に、小バカにされていると感じていたのだが、富永もまた、裕福な家の子である涼太や青野たちから小バカにされていると感じていた。

その富永が登校拒否を始めてから二ヶ月が過ぎ、一学期の間に学校に来なければ退学だという噂を耳にした涼太は、彼を心配して望月とともに富永の家に行くのだが、「親切面して、僕の様子を見にきたんでしょ？」と、言われてしまう。

望月が、青野との関係がうまくいかなくなって落ち込んでいるので、なぐさめてやった涼太は、彼女に「優しくするな。気持ち悪い」と、言われる。

西澤は、弟のある事件のことで胸を痛めている久野に想いを寄せ、彼女をなんとか助けてやりたいと思っているのだが、久野は、そのやさしさに応えようと、好きでもないのに西澤と付き合おうとしている。

こんな具合に、様々な形で気持ちをすれ違わせていく登場人物たち。

ここまですれ違っていたり気持ちの温度差があったら、その関係を利用してコミカルな展開にしたり、物語をもっと盛り上げるために使ってしまいがちだが、作中では、そんな人間関係は特別扱いされず、投げ出すように描写されている。涼太に地味な復讐を仕掛けている西澤と涼太の関係は改善されないままだし、登校拒否の富永は学校に出て来る気配はない。だが、この物語の中では、人と人が、温度差なく同じ気持ちで接していることなどあり得ないということが前提になっているかのように、それはあたり前に表現されている。もちろん、すれ違う想いは、物語を盛り上げる為にまったく活用されていないわけではない。河村は土砂降りの中、傘もささずに涼太を待っていて泣きながら彼に抱きつくし、それを見た久野と西澤と口論をし、暴言を吐いた河村を西澤が殴ったりもする。だがそれは、これだけのすれ違いが組み立てられている中にあっては、ほんのささやかなものだ。通常の物語の作り方からしたら、バランスを欠いた作りになっているのかも知れないが、そのバランスの不安定さこそが、作中にある、高校一年生の夏という時期にあるまだ出来上がっていない登場人物たちの不安定な気持ちと合致し、ふしぎな感覚を産み出しているように思う。震災後であり、世界の終わりが近づいてきている夏という設定もまた、その感覚に奉仕しているに違いない。

確実なものは何一つない。わかっているつもりでもこの世はわからないことだらけだ。いつ誰がどんなふうに感じ、爆発するかも、誰がドロップアウトするかもわからない。そんな要因を誰もが抱えているのが一〇代だと言われているようでもある。

普通に生きているつもりが、西澤を復讐に駆り立てさせるほどに傷つけ、富永を登校拒否にまで追い込み、河村を雨の中ずぶぬれになるまで道ばたに立たせてしまった涼太が、高校一年の夏、世界の終わりが迫り来た時、今までの自分の罪を認め、すれ違いや誤解だらけの世界で贖罪（しょくざい）に駆け回り、やがて一つの結論に達するまでの物語とも言えそうな気がする。

彼のたどり着いた結論は、シンプルで感動的だ。この物語の最後のページに訪れるそれは、登場人物の誰もが願っていることのように感じてしまう。それが、いかに困難なことであるかは、それまで示されて来た気持ちのすれ違う様からしてあきらかだ。だからこそ人は人を求めているのだと訴えているようで、強く胸を打たれた。それは、この物語内の世界に留まらない願いであるように思う。一〇〇年に一度の金融危機があり、その三年後に一〇〇〇年に一度の震災があり、その翌年いっぱいで世界が終わると言われたら、せめてその最後の時は……、と、私も思います。

（たかだ・りょう　脚本家）

本書は二〇一二年七月、集英社より刊行されました。

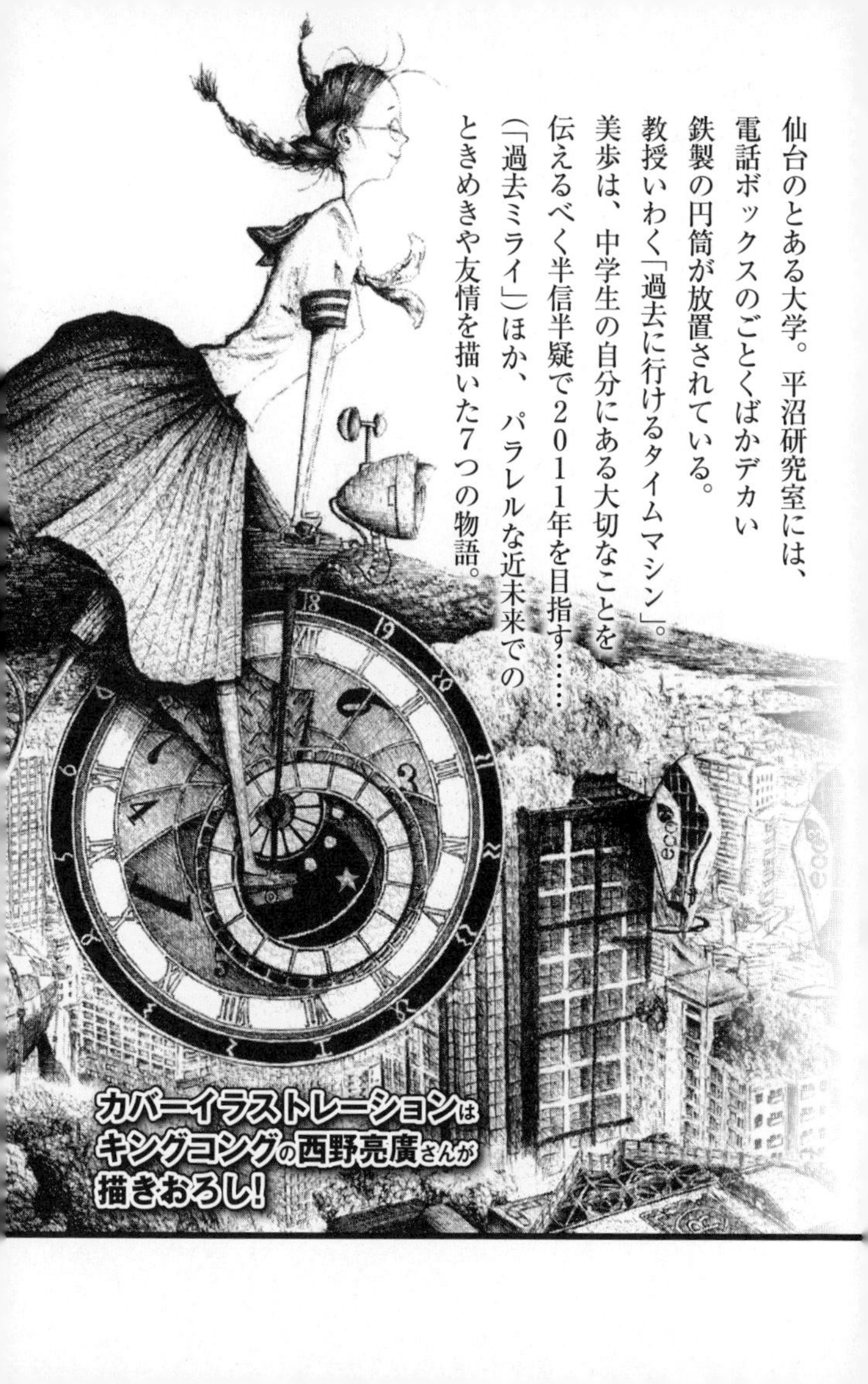
仙台のとある大学。平沼研究室には、
電話ボックスのごとくばかデカい
鉄製の円筒が放置されている。
教授いわく「過去に行けるタイムマシン」。
美歩は、中学生の自分にある大切なことを
伝えるべく半信半疑で２０１１年を目指す……
（「過去ミライ」）ほか、パラレルな近未来での
ときめきや友情を描いた７つの物語。
カバーイラストレーションは
キングコングの西野亮廣さんが
描きおろし!

畑野智美の本

国道沿いのファミレス

佐藤善幸、ファミレス社員の25歳。高校卒業以来帰っていなかった故郷の店舗に左遷される。そして、面倒な人間関係とトラブルが次々に降りかかり……。第23回小説すばる新人賞受賞作。

集英社文庫

集英社文庫　目録（日本文学）

馳　星　周　約束の地で
馳　星　周　美ら海、血の海
馳　星　周　淡　雪　記
畑野智美　国道沿いのファミレス
畑野智美　夏のバスプール
はた万次郎　北海道田舎移住日記
はた万次郎　北海道青空日記
はた万次郎　ウッシーとの日々1
はた万次郎　ウッシーとの日々2
はた万次郎　ウッシーとの日々3
はた万次郎　ウッシーとの日々4
花井良智　美しい隣人
花井良智　はやぶさ 遥かなる帰還
花村萬月　ゴッド・ブレイス物語
花村萬月　渋谷ルシファー
花村萬月　風に舞う
花村萬月　風　転(上)(中)(下)
花村萬月　虹列車・雛列車
花村萬月　錏娥哢奼(上)(下)
花家圭太郎　暴れ影法師 花の小十郎見参
花家圭太郎　荒　舞 花の小十郎始末
花家圭太郎　乱　舞 花の小十郎京はぐれ
花家圭太郎　八丁堀春秋
花家圭太郎　日暮れひぐらし 八丁堀春秋
花家圭太郎　鬼しぐれ 花の小十郎はぐれ剣
帚木蓬生　エンブリオ(上)(下)
帚木蓬生　インターセックス
帚木蓬生　賞　の　柩
帚木蓬生　薔薇窓の闇(上)(下)
帚木蓬生　十二年目の映像
浜辺祐一　こちら救命センター 病棟こぼれ話
浜辺祐一　救命センターからの手紙 ドクター・ファイルから
浜辺祐一　救命センター当直日誌
浜辺祐一　救命センター部長ファイル
葉　室　麟　冬　姫
早坂茂三　男たちの履歴書
早坂茂三　政治家は「悪党」に限る
早坂茂三　意志あれば道あり
早坂茂三　元気が出る言葉
早坂茂三　オヤジの知恵
早坂茂三　怨念の系譜
早坂倫太郎　不知火清十郎 龍琴の巻
早坂倫太郎　不知火清十郎 鬼琴の巻
早坂倫太郎　不知火清十郎 血風の巻
早坂倫太郎　不知火清十郎 辻斬り雷神
早坂倫太郎　不知火清十郎 将軍密約の書
早坂倫太郎　不知火清十郎 妖花の陰謀
早坂倫太郎　不知火清十郎 木乃伊斬り

集英社文庫　目録（日本文学）

集英社文庫

夏のバスプール

2015年5月25日　第1刷
2015年6月6日　第2刷

定価はカバーに表示してあります。

著　者　畑野智美
発行者　加藤　潤
発行所　株式会社 集英社
東京都千代田区一ツ橋2-5-10　〒101-8050
電話　【編集部】03-3230-6095
【読者係】03-3230-6080
【販売部】03-3230-6393(書店専用)

印　刷　大日本印刷株式会社
製　本　大日本印刷株式会社

フォーマットデザイン　アリヤマデザインストア　　マークデザイン　居山浩二

ISBN978-4-08-745314-0 C0193